隅でいいです。構わないでくださいよ。 2

登場人物紹介
清水《きよみず》
天月妓楼の花魁。
野菊を溺愛している。
野菊《のぎく》
女子だけど、男妓楼である天月妓楼で色を売らない花魁となることに。
梅木《うめぎ》
天月妓楼の禿。
野菊にとても懐いている。
護《まもる》
チャッピー

愛理《あいり》
天月妓楼で働いている女の子。
野菊を「ノギちゃん」と呼び、友人であったが……。
凪風《なぎかぜ》
野菊の同期で花魁の一人。
いつも飄々としている。
秋水《しゅうすい》
野菊の同期で花魁の一人。
真面目で大人びた性格。
蘭菊《らんぎく》
野菊の同期で花魁の一人。
根は優しいツンデレ男子。
天月妓楼
男女逆転、吉原もどきの世界の男妓楼。
おやじ様
天月妓楼の楼主。野菊を拾った人物。

目次

七年目の日常

「おはよう」

「おう。つかお前なんでんな所にいるんだよ。寒くねーのかよ。馬鹿だな」

「うるさい」

蘭菊《らんぎく》は腕を擦《こす》りながら、自分の足元にいる寝起きの私を引いた目で見てくる。秋水《しゅうすい》の時に慣れっこだったけれど、蘭菊に言われるとなんか腹立つな。コイツの人徳の差なのか。引込《ひっこ》みの時に散々私の寝相が悪いと思い知っているはずなのに、改めてそう言われると、……あぁやっぱり腹立つな。別に蘭菊を蹴《け》ったりしているワケでもないし（秋水を蹴ったことはある↑秋水談）、迷惑をかけているとは特に思ってはいない。

んー、と畳の上で足を伸ばしていれば、火鉢の近くでこちらを見ている蛙と目が合う。よし。

「チャッピー！」

「――……ゲコォオ！」

「うぉっ」

チャッピーに号令をかけると、蘭菊のおでこへ一直線に跳んで行った。

なんて奴だ……とかブツブツ聞こえるけれど、蛙に脅《おど》かされる蘭菊を見ていたら腹が捩《よじ》れそうでそれどころじゃなかった。

「あっはっは、ひ、ひ、……ふ～」

「てめぇぶっ飛ばす」

「だっておでこにペチンッ、ってさ！　ペチンって！　ブフッ」

「いつまで笑ってんだよ！」

こちらの妓楼《ぎろう》に戻ってきて早《はや》二日。

気になっていた愛理《あいり》ちゃんとも今朝無事に対面を果たし、新年早々とても良い気分で朝を迎えられた。彼女の第一印象は桜の化身《けしん》って感じで、桜色の髪は綺麗《きれい》だし声は可愛いし、性格も私のことを『野菊《のぎく》ちゃん』と親し気に呼んでくれて、とても社交的。それにいい香りがした。男とはやっぱり違うな、と改めて思ったわ。

一方で妓楼の皆《みんな》については、中には変わり過ぎていて分からない人もいたけれど、久しぶりに会えて凄《すご》く楽しかったし嬉《うれ》しかった。それに図らずも凪風《なぎかぜ》へ恋という名の春がやって来ていた件も知れたし（あくまで疑惑だけど）、妓楼へ帰ってきて早々ワクワクが止まらない。誰か私を止めて。

「だからいつまで笑ってんだ気持ちわりぃな」

「うるさい」

変わらぬ妓楼の内装に懐《なつ》かしさをしみじみと感じつつ、蘭菊との共同部屋・八畳の日当たりの良い和室でゴロンと横になる。一昨日までは俺一人だったのに最悪だ、とか蘭菊に愚痴《ぐち》を言われたけれども、そう思っているのはお前だけじゃないということを嫌というほど分からせてやりたい。私だって最後の二年はおやじ様の家で一人部屋だったんだ。最高に広い部屋だったよ。まぁ……少し寂しいとか思ったことはあるけれど、絶対にそんなこと言うもんか。

「ったく。そういや朝飯は食いに行くか？　行くなら早くいこーぜ」

「ん～、というか蘭ちゃん」

「？」

「掃除、忘れてない？」

私がそう言うと、『あ、やっべ』と部屋の戸襖を見ながら布団を片付け始めた。大丈夫だよ。そんなに慌《あわ》てなくともまだおやじ様は来ない。

「まぁまぁ」

でもそんなセリフは、戻って来たばかりの私のセリフじゃないよな。なんて思いながら欠伸《あくび》をする。

「せっかちだなぁ」

「お前が今言ったんだろ！」

私は護《まもる》を抱っこして部屋の戸襖に手をかけた。

「じゃ、お花を摘みに行ってきます」

「いや普通に厠《かわや》って言えよ。一体お前は何を目指してんだ」

立派な男芸者さ。

「うぅ〜ん」

朝食を取ったあと、私は一人二階の廊下で唸《うな》っていた。

さて、今日は一日どう過ごしたら良いものか。おやじ様からは特にあれをしろ、これをしろとも何も言われていないので、自分で聞きに行くしかない。でもその肝心なおやじ様が妓楼に不在なので、私はさっきから廊下を幽霊のように徘徊《はいかい》している。時々同じ階の別の部屋にいる禿《かむろ》からは、戸襖の隙間《すきま》から『あの人大丈夫かな』みたいな視線を向けられた。……ええ大丈夫です。

引込新造である蘭菊は宇治野《うじの》兄ィさまに付いて常日頃から花魁《おいらん》の指導を受けているし、秋水と凪は明日の花魁道中《どうちゅう》に向けて清水《きよみず》兄ィさまと羅紋《らもん》兄ィさまに指導を受けている。昨日は戻ってきてからの挨拶廻り《あいさつまわ》りで一日がほぼ潰《つぶ》れたから良いけど、こうほったらかしにされると自分だけ何も役目がないようで落ち着いていられない。

護はどっか行っちゃったし、チャッピーは水がめの近くで懐炉《かいろ》の暖を頼りに寝に入っている。

「勝手に稽古《けいこ》でもしてようかな」

そうして考えぬいた末、稽古でもしていた方が有意義だという答えに辿《たど》り着いた。だって時間を下手《へた》に持て余すより、その方が断然良いだろうさ。

本当は宇治野兄ィさまから蘭菊と一緒に稽古でもどうかと誘われたので、それにのろうとしたのだけど、その稽古内容が内容なだけに私は断念した。

うん、もったいないけど、断念した。貴重な稽古の時間を断念した。というかそもそも……何故《なぜ》断念したのか。

だって『花魁の手練手管《てれんてくだ》をやるんですよ』、って宇治野兄ィさまが。客との掛け合いを学ぶんですよ、と兄ィさまが。手練手管を、私にと。

あの、花魁の手練手管って……それ私に必要なんですかね。最初から言っていることだけど、確か私って男芸者目指しているんだよね、何度も言うけど。遊男《ゆうだん》じゃないもんね？　百歩譲って花魁の下の直垂新造《ひたたれしんぞう》をやっているとはいっても、結局は芸を武器にお仕事をする男芸者になるんだもんね？　ねぇ？

なので丁重《ていちょう》に稽古のお誘いをお断りしたのだけれど、薄々これで終わりではないんだろうなとは思っている。昔から嫌な予感だけは当たるんだ。

私は肩をブルっと震わせて、自分の部屋へと戻ることにした。

確かおやじ様が私の道具は全部押し入れにしまっておいた、と言っていたのを思い出す。

芸はおやじ様の所で十分磨いたとはいえ、まだまだ全てが発展途上だと自分では思い続けている。自信を持つのも大事だけど、向上心を持っていた方が自分的には良い。

「あ、あったあった」

部屋に戻って押し入れを開けると、三味線《しゃみせん》や扇、舞に使う刀や箏《そう》が布に包まれて置いてあった。

蘭菊のはその横にあって、風呂敷の一つ一つに名前が書いてある。

なんか保育園みたい。

「綺麗……」

蘭菊の名前にハハハと笑いながら自分の箏の包みを開けてみると、そこには練習の時に使っていたような古いものではなく、まだ使い慣らしてもいない新品の道具が出てきた。

「漆《うるし》？　檜《ひのき》？」

蒔絵《まきえ》が口前（箏の端）に施されていて、ほのかに檜の香りが箏の本体から漂っている。胴は檜を使っているのかな。木目がいつも使っている箏とは全然違う。でも箏ってだいたい桐《きり》を使っているし、これは珍しい。

裏を見ようと片方を持ち上げると、側面に『阿須穴見《あすふしみ》』という名前が書かれているのを発見する。

え、ちょっと待って。阿須穴見？

「すんごい有名な人じゃん！」

一人でそう叫ぶ。

おやじ様の所にいた時、楽器についてもそうだけど、ある程度その作り手のことも色々学ばせられる。弾くことだけが全てではない。弾き手はその楽器が辿ってきた過程をも理解し触れてこそ良い音を出せるのだ、とおやじ様には言われていた。

そんな中でも箏について聞かされていた時、おやじ様が「この人の作るもんは天下一、箏の神とも言われているんだぞ！」と興奮気味に話していたのが、その阿須穴見という人のことだった。

姿形もさることながら、箏の最大の特徴、繊細な美しい音色を存分に出せるのもこの作り手の特徴らしい。もちろん弾き手の技量にもよる。箏に使う木材は基本桐なのだけれど、この人の場合はその世界では稀《まれ》な檜を使った箏が有名だ。なんせ箏には一番相性の良いと言われている桐よりも、あまり箏の胴としては歓迎されない檜が良い音を出せるというのだから。なのでお値段は、とにかく普通の箏の二倍はする。

ベベン、と箏の弦を弾く。指先から伝わる弦の力強さは、練習用の箏とはまるっきり違う、とはいかないけれど、確実に響く音の余韻《よいん》が違った。弾いていてとても気持ちが良い。今まで喉《のど》にシコリがあって上手《うま》く出せずにいた声が、障害がなくなってスッと声が透るようになったような、そんな感じがする。内に込めていたモノが解放されたような、世界が広くなった感じが。

「あの」

そうして上機嫌で弾いていると、戸襖の外から微かに幼い子供の声が聞こえた。

「あ……あ、の」

空耳《そらみみ》かと思ったので手は動かしたままだったけれど、次いでまたさっきとは違う幼い子供の声が聞こえてきたので弾く手を止める。

「ん？　誰かいるの？」

不思議に思って声をかけてみる。

「あの……えっと」

すると戸襖がちょこっと開いて、隙間から大きな潤《うる》みがちな瞳《ひとみ》が覗《のぞ》いた。

「あの、じゃましてごめんなさい」

「ぼくたち、おとがきになって、それで」

徐々に戸が開いてその先に現れたのは、私が昔着ていたような野袴《のばかま》を身に着けた禿達だった。

昨日は一通り妓楼の人達と顔を合わせていたので、会うのはもちろん初めてじゃない。だからと言ってその人となりを理解できるほど話したワケでもないので、お互い顔見知り程度の認識なんだろうと思っている。紹介された一人一人の名前はちゃんと覚えているので、この子達の名前も当然覚えていた。

クルクル金髪天然パーマの梅木《うめぎ》ちゃん。

茶髪のツンツン頭の道寺《どうじ》ちゃん。

赤紫髪おかっぱスタイル藤喜《ふじき》ちゃん。

皆とても可愛い。

「音が？」

しかし音が気になって………あ。

「あ！　ごめん、うるさかったよね？　今仕舞うから大丈夫だよ」

私は慌てて琴爪を取り横に置いた。

なんてことなの。近所迷惑を考えないでガンガン弾いていたから気づかなかった。おやじ様の家にいた時は、周りに誰もいなかったので（奥様は奥にいたから見かけない）気にしないで音を出していたけど、今私がいるのは妓楼。職場の社員寮みたいなこの妓楼だ。おやじ様の家にいた時間が長くて、油断していた。この子達が教えてくれなかったら、私ここに来て早々迷惑非常識野郎のレッテルを顔面にぶら下げてこれから過ごすことになっていたよ。本当にすまない、ありがとう。

軽くお辞儀をして謝る。

「ち、ちがいます！」

梅木がわたわたと手を振った。

他の二人も首を振って口を開く。

「きれいだなって思って！」

「ぼくたち、きよみず兄ィさまとらもん兄ィさまに教えてもらっているのですが、きょうはあしたのためにおふたりともいそがしくて、それで」

「きょうはおけいこもなくて部屋にいたのですけど、みんなでどうしようかっておもっていたら、あの、の、のぎ、のぎく兄ィさまのお部屋からきれいなおとがきこえたので、みんなでみてみようってなって」

おっと今、私『のぎく兄ィさま』って呼ばれたよ。え、ちょっと嬉しいんだけど。なにこれ。なんのイベント？　可愛くてちっちゃな禿達が私に向かってモジモジしながら『兄ィさま』とか呼んでくるんだけど、なにこれ超興奮するんだけど。

「でも、じゃましてごめんなさい」

邪魔？　いやいやいやいや。

「何言ってるの！　邪魔じゃないよ！　私も今日何もやることがないから弾いてただけだし、こっち来て一緒にやろう？」

だし。

「いっいいのですか？」

「もちろん！」

握り拳《こぶし》を作ってニヤリ顔をすると、我先にと禿達が近くへと走ってやって来た。なんとも子供らしい光景。話し方からするに皆真面目《まじめ》っぽいのかな、とか思っていたのだけれど、こんな姿を見てちょっとだけ安心した。やっぱりまだまだ皆やんちゃしたいよね。蘭菊なんてまだまだやんちゃだし。

禿の三人は私の横に座り込む。

「兄ィさま、さっきのもう一回ひいてください！」

「ちがうのでもいいです！」

「い、いっぱいひいてください！」

私のニヤケ顔がとどまることを知らない。唇《くちびる》は波を作り、フフフと変態的な声が外へ泳ぎ出す。未《いま》だかつて、こんな称《たた》えるような視線を向けられたことはあったか。

いや、ない。

馬鹿にするような、貶《けな》されるような視線を幾度も同期の野郎達から向けられたことはあれど、こんなに素晴らしい視線を受けたことは人生の中で一度たりともない。ついでに兄ィさまとか呼ばれているのもあって、もう鼻からムッフと息が漏《も》れている。

「よし、じゃあ弾きまーす！」

「やったー！」

筝を前にして両手を上げた私に、大声ではしゃぎだす禿達。

「あ、の」

するとまたさっきみたいに部屋の外から声が聞こえる。戸襖の隙間から影が見えた。

「どうしたの？　こっちに来る？」

おっとしょうがないなぁ。また禿ちゃんが来ちゃったのかなぁ？　うへへ。

「の、野菊兄ィさまぁ、ひいてくださぁい〜」

「ひいてくださぁい〜」

ん？　待て。この馬鹿にしたような声、裏返って若干掠《じゃっかんかす》れた感じ、何よりも笑いが隠しきれていない息遣い。

「蘭菊！　凪風ぇええ！」

野郎共だった。

名前を呼ばれた張本人達は戸襖から離れると、走ってはいけないと言われている廊下をダダダッと駆けて私の鬼の形相《ぎょうそう》から逃げ出す。おのれ、許すまじ。

「おまっ、はは！　顔がにやけ過ぎてキモかったぞ！」

「邪魔してごめんね野菊〜」

部屋まで響いてくる奴らの声。面白がりやがって。

禿達の手前、追いかけることはせずに溜め息をつくだけに留める。

「のぎく兄ィさまは、なんだか、ほんとうに好かれているのですね」

梅木に何故かしみじみと言われた。

「いや、そういうことでは……」

ないと思う。

「でもあんなにたのしそうな兄ィさまたち、めずらしいです」

「そ、そうなんだ」

道寺にもそう言われたので、頷《うなず》いて苦笑いをする。

そうして夕飯時、おやじ様にも似たようなことを言われた私は、蘭菊に飛び蹴りをした。

◆◇◆　◆◇◆

本日は秋水と凪風の晴れ舞台、花魁道中を行う日。

引込新造《ひっこみしんぞう》が十五歳になり、正式に遊男としてお客を取り始める。男の子は、この吉原《よしわら》の世界では十五歳で成人だ。成人というのは、そもそも一人前の人間の事。遊男の場合は色を売り始める十五歳を迎えれば一人前とされている。もちろんただ十五になれば成人というワケではない。ちゃんと『客』をとって一人前にならなければならない。

普通の花魁道中は花魁が客から引手茶屋《ひきてぢゃや》を通して呼ばれた場合に行われるもの。パレードのように花魁を先頭に列を成して町を練り歩く。

けれどこの引込新造が花魁になるためにする花魁道中はちょっと違う。

引込新造は兄遊男と一緒に、一日だけではなく二日間花魁道中を行わなければならない。兄遊男……つまり秋水の場合は清水兄ィさまで、凪風の場合は羅紋兄ィさまだ。それぞれは見世《みせ》が普段お世話になっている茶屋へと出向き、挨拶も兼ねて祝儀《しゅうぎ》や餅菓子などを配り歩いて行く。それを一日目に行う。

そして二日目は、引込新造が最初に迎える客を出迎えに行くために花魁道中を行う。その最初の客は兄遊男の馴染《なじ》みの客となっていて、やはり新造達の初めての相手ということもあり、遊び慣れていて妓楼にとっても信頼できる人があたることになっていた。今回の場合、秋水は清水兄ィさまの馴染みである雪野《ゆきの》様。凪風は淕《りく》様という羅紋兄ィさまの馴染みの女性と、一夜を共にする。

「ここ曲がってるぞ」

「あ、本当だ。ありがとう秋水」

「しょうがない奴だよな、いくつんなっても」

私の直垂の結び目を秋水が丁寧に直してくれる。呆《あき》れた顔をしながら私の頭をガシガシと手でかく彼は、私をいつまでも『しょうがない奴』と言い、新造になり道中で隣を歩くようになった今になってもその認識は一ミリも変わらなかったらしい。これでも結構しっかりしていると思うんだけどな自分。

道中に参加する者はいつもより三時間は早く起きて支度を始める。明け六ツを少し過ぎた頃で、だいたい六、七時くらい。前の世界だったら当たり前に起きていた時間帯なのかもしれないけど、この妓楼の生活に慣じんでしまった身としては辛い時間帯だ。眠い。

今私達がいる宴会とかでよく使う広い部屋では、道中に必要な花魁と、花魁になる新造に、まだ新造の者と禿の皆で一緒になってお着替え中。

畳に広がる色鮮やかな着物や飾りに化粧道具は、窓から射し込む朝日に照らされてよりいっそう鮮やかに輝いている。

もっとも、それが一番輝きを増す時は遊男達が身に纏《まと》う時だけれども。

「のぎく兄ィさま、これで良いのでしょうか？」

「か、可愛い……うんうん、合ってるよ。小さいのにとっても立派だね」

「兄ィさまも素敵ですよ！」

そう言ってくれるのは、滅茶苦茶《めちゃくちゃ》かわゆい禿の梅木。

器量が良いとか悪いとかはなしにして、禿の子達は皆物すんごくかわゆい。

「世辞だぞ野菊。良かったな」

「秋水五月蝿《うるさ》い」

秋水達が私と最初に会った時と同じ年齢だけれども、奴等を可愛いと感じたことは一度もない。

（ツンデレ蘭菊には反応しているが）

「うぅ〜可愛いなーこいつめ〜っ」

「わぁ、のぎく兄ィさま！」

私は梅木を抱っこしてクルクルまわった。

今日も変わらず『のぎく兄ィさま』って呼んでくれる。なんだか首の後ろ辺りがこそばゆくなって、うへへ、と照れてしまった。

「楽しそうだなお前ら～。俺も混ぜてみな」

「わぁ！」

着替え前なのか単衣《ひとえ》姿の羅紋兄ィさまが現れて、いきなり梅木を抱っこしている私ごと持ち上げだした。腕いっぱいに私達を抱え上げて、たいへん力持ちなお方である。

そんな行動に似合わず兄ィさまからは朝露に濡れた深緑の草木の香りがした。とても爽《さわ》やかだ。外に出てはいない筈《はず》なのに何故そんな香りがするのかは不思議だが、兄ィさまから何かアロマテラピー的な物が出ているんだろうなー、とか思えば特に気にはならない。体臭じゃなく、アロマねアロマ。

だが取《と》り敢《あ》えず支度も続けたいし、降ろしても欲しいので足をバタバタしていれば、「暴れるな暴れるな」と言い何が面白いのかニヤリと笑って急にグルグルとその場でまわりだした。

「ほれほれ～」

「らもん兄ィさまーもっともっとー！」

……ええい！　やめんかい！　と大声で叫びたいところだけれど私の腕の中にいる禿ちゃんはたいそう楽しそうな声を上げているので、咄嗟《とっさ》にお口のチャックをしめる。

「む、ムガぅふっ」

痛っ、ちょっちょっと舌噛《か》んじゃったじゃんよ！　いったぁぁあ!!

チャックするんじゃなかった、……というか『ムガぅふ』って何だ私。

「あの羅紋兄ィさん、この瑪瑙《めのう》の耳飾りを借りても良いですか？」

「ほーれ……ん？」

凪風の声が聞こえたと思ったら、羅紋兄ィさまの動きが止まった。

着替えを終えた凪風がグルグル回っている兄ィさまに話し掛けたので、どうやら話すために一時的にグルグルを止めたようだ。

うぅ〜気持ち悪い。吐くっ吐くぅぅ！　舌も痛い！

降ろせ!!

「ああ、良いぜ。凪風に良く似合うだろうよ。あ、ちょっと待て。今日は揃《そろ》いで行こうぜ？　俺も瑪瑙の耳飾り付ける」

「えぇー、兄ィさんと一緒ですか」

「何だ何だ、不満かコラ」

止まったら止まったで頭が急な停止についていけずまだまだ脳ミソだけがグラグラと揺れに揺れている。梅木はやはり楽しかったようで、目も揺々《ゆらゆら》している私の視界から見ても笑顔がうーっすらと分かった。

そうかそうか、楽しかったか。うん、君が楽しかったなら私はもう何も言うまいよ……。

とりあえず私はベロにつける薬が欲しい。

「不満はないですよ」

「だったら眉間《みけん》のシワを伸ばせ馬鹿ちんが」

まだ話をしている二人。凪風は羅紋兄ィさまの部屋付き。

凪風にデコピンをお見舞いする兄ィさまとの仲は、その態度に似合わず良好なようで、今も眉間にシワを寄せ嫌そうな顔をしているが、こうして会話をするのが楽しいのか右の口角が少し上がっているのが見える。羅紋兄ィさまもそれが分かっているのか、本気で彼を怒りはしない。悪魔にも可愛いところはあるらしい。……あ、可愛いって言っちゃった。

「ねぇ」

するとこの空間に不気嫌そうな声が割って入る。うん？　と首を傾げると、私の上に黒い影が落ちた。誰だ。

「ねぇ羅紋、早く着替えちゃいなよ。ほら……こっちにおいで」

「だ、大丈夫ですよ。あの、今羅紋兄ィさまに降ろして貰いますから！」

声と影の正体は清水兄ィさまだった。

やはりまだ低い声の兄ィさまには慣れなくて、声だけ聞いても誰だか判別できない現状なのである。何か……よく分からないけど凄くゴメンなさい兄ィさま。けして認識できないワケじゃないんです。『え〜と、え〜と、うーん。あーこの声は……きよ……いや、ええと』みたいな感じであやふやになるだけなんです。すいません！　すいません！

「野菊、嫌なの？」

「いっいえ！　滅相《めっそう》も御座《ござ》いません、が……」

他の禿や新造達の着替えを終えた清水兄ィさまは未だ単衣姿の羅紋兄ィさまを促すべく私達を回収しようと、私と梅木をそのまま羅紋兄ィさまから抱き上げようとしてくれていた。

が、清水兄ィさまの申し出は断る。

綺麗な鴨《かもの》羽色《はいろ》の着物に着替えているというのに、私達を抱っこしたら崩れてしまうじゃないか。

もうちょっと其処《そこ》を気にしてくださいよ兄ィさま！

「のぎく兄ィさま、聞いておいたほうが」

「お前にわざわざやらなくとも、普通に降ろせば良いだろうが。なー？」

羅紋兄ィさまは頬《ほお》を膨《ふく》らませながら清水兄ィさまにブーブー言うと、溜め息をつきながら私と梅木を畳に降ろしてくれた。

にに、兄ィさま！　今の表情メチャメチャ可愛いかったです！　ほっぺがプゥーって、ほっぺがプゥーって……ワンモアプリーズゥ！

あー良いもの見ちゃったな～。ふんふんふ～ん。らんらんら～ん。

ラン。

あ、そう言えば。

「清水兄ィさま、蘭ちゃんはどこですか？」

「蘭菊？」

朝起きた時以降、一度も見ていない気がする。視界の端にあの赤がチラチラ見えていたのは確かなのだけれど。

「蘭菊なら厠だよ。かれこれもう十三回は行ってるかな」

あぁ、なるほど。緊張しているのか。

「吉原でも滅多《めった》にないお披露目《ひろめ》だから、見物人も凄いだろうしね、蘭菊の気持ちは分かるよ」

「……」

「禿や新造の動作一つ一つも、主役である秋水や凪風の品を左右するからね」

「……」

「野菊?」

「ちょっと私も厠に行ってきます!」

兄ィさまの言葉を遮《さえぎ》りダッシュで厠へと私も向かい出す。

あぁ〜畜生! 結局私もか!

清水兄ィさまの話を大人しく聞いていたら腹の中の筋肉が締まり尿意《にょうい》が突然襲ってきた。

どうやら蘭菊の緊張の種が自分にも移ってしまったようである。

いやぁ! チビりたくない!!

「うわっ、あ……なんだ野菊か」

「そうそう私ですよ! 早くそこ退《ど》いてー!」

厠の前に立ちはだかる赤い小僧を恨《うら》めしく見詰めながらバシバシと相手の肩を叩く。眉《まゆ》を顰《ひそ》めるも、それに対し文句を言い返さない彼はいつもより可笑《おか》しく、厠から出た直ぐでもやっぱり緊張しているらしい。……まぁ厠で流せるのは物理的に言えば排泄物《はいせつぶつ》だけだからね。不安や緊張は流れませんからね。

「もしかして緊張してんのかお前」

「厠十三回目の蘭ちゃんは私に何を言いたいのさ」

「っあの変態野郎!!」

地団駄《じだんだ》を踏みながら頭から湯気が出そうな程に真っ赤になる蘭菊。あの、とりあえず早くそこから退いて欲しいんだけど。

私の無言の睨《にら》みにやっと反応した彼は、厠の入口から一歩離れて道を開けた。

なんだ、やればできるじゃないか君。ふっ。

「ほら、早く行って来いよ。待っててやる。一人でいるより同じ立ち位置の奴が一緒にいた方が安心するもんだろ」

「っ蘭ちゃん！　……………安心したいのか」

「お前なぁ!!」

さも『俺がいてやる』的なことを言っているが、ようは自分の心も安定させるための口実に過ぎないのだというのを私は見抜いていますよ。

「ま、まぁ取り敢えず。野菊、深呼吸だ。深呼吸」

「すぅーはぁ～」

便乗《びんじょう》しますけどね。（結局同じ）

あ、そう言えば舌がもう痛くないや。やったね。

◆◇◆　◆◇◆

昼間の太陽は高く、日射しは妙に優しい。まだまだ肌寒いこの季節の空気の中、吉原の通りの両端には人がごった返している。

ゴミが人のようだ。

……あ、違う違う。

人がゴミ山のようだ。……いや、これも何か違うか。まぁ、言いたいことは何となく伝わっているだろう。

いよいよ道中が始まるのだ。

「緊張する？」

道中のスタート地点は天月《あまつき》妓楼の前の道。私達はその地点で指定された順番に並びスタンバイしている。並びは秋水のグループが前、凪風のグループが後ろ。

花魁である兄ィさま達は、それぞれ自分の下に付いていた新造の後ろにつく。私は秋水の隣、蘭菊は凪風の隣で歩いて、これから花魁になる者のお供をする。

隣で歩く新造は紅《あか》い番傘を持ち秋水達の上に差すのだが、これは『花魁になる者』だと分かりやすいようにという目印だと聞いた。

「……正直まだちょっとしてます。また厠へ走りそうです」

「俺も緊張でやられそうです」

秋水の着物は黒地に大きな紅《あか》い菊の花が咲いた柄で、地面まで長さのあるデカい羽織《はおり》は青墨《あおずみ》色。青髪青眼の彼にピッタリで、端を縁取る金の刺繍《ししゅう》が印象的だ。耳には爪楊枝《つまようじ》くらいの長さの金の細い耳飾りがぶら下がっていて良く似合っている。

顔も凛々《りり》しくて……うん、立派な花魁だ。

しかし平気そうな顔をしていた秋水も実は緊張MAXだったらしい。……そりゃそうか。今日の主役なんだもん。此処《ここ》にいる誰よりも緊張している筈だ。

「そうかぁ。まぁ、そうだよね。二人とも今までで楽しかったこととかを思い出してごらん？」

「楽しかったことですか？」

「うん」

楽しかったこと……。

「俺は野菊が風呂に落ちた時とか、野菊がおやじさまに数の子食べらんねーで怒られた時とか、野菊が怪談話で絶叫してた時とか、野菊が……」

「……秋水、殴って良い？」

「野菊や凪風、蘭菊と一つの布団で皆一緒に寝た時とか。あれ、最高に楽しかったぜ」

人を散々面白がった発言をしていると思えば、急にそう言って私に向かい楽しそうな顔をする彼。

ふいを突かれた私はついつられて笑顔になる。

「私もね、秋水達と稽古をしてた時とか、皆にお風呂で毎回膝《ひざ》に乗せて貰ってた時とか、おやじ様の頭がいつ禿《は》げるかを寝ながら皆で討論した時とか、あと」

指折り数える私の頭の中には沢山《たくさん》の思い出が浮かび上がってきた。秋水達三人だけの思い出ではない、兄ィさま達と過ごした始まりの記憶からの色褪《あ》せない日常も走馬灯《そうまとう》のように流れだす。

思えば悲しいことは少なかった。いつも傍には誰かがいたから。おやじ様の家にいた最後の二年はチャッピーや護《まもる》との出会いもあったし、十義《じゅうぎ》兄ィさまも定期的に遊びに来てくれていたのだ。

誰かと、皆といる時、最高に楽しかったことを私は覚えている。

「野菊、秋水。皆と、仲間と一緒ならいつだって何だって楽しかったね。いるだけでも勇気だって湧くこともある。私達もついてるんだ、怖い物なんか何もないだろう？」

「はい！」

「兄ィさんは元気づけるのが上手いですよね」

清水兄ィさまはニコリと笑う。

「秋水ー！　野菊ー！」

「凪風？」

後ろの方にいる凪風が大きな声で秋水と私を呼んでいる。

なんだろうと思い振り返ると、可笑しそうな顔で蘭菊を指差している凪風がいた。

凪風の着ている着物は帝王紫《ていおうむらさき》の布地に大柄の白い菊の花。羽織は紫紺《しこん》色で羽織紐《ひも》は銀。耳元には瑪瑙の耳飾りが輝いている。胸まである少し長い銀の髪は瑪瑙の飾り紐で下を束ねて後ろに垂らしている。

よっ、イケメン。

「道中終わったら部屋で蘭菊が腹芸見せてくれるらしいよー」

「腹……ククッ、それいーな！」

「蘭ちゃん……」

蘭菊は自分から腹芸するぜ！　ってキャラではないような気がするんだけど。もしかして……と凪風の後ろにいる羅紋兄ィさまを見る。

「よーし、頑張れよ蘭菊」

「羅紋兄ィさんが変なこと言うからじゃないですか!!」

ふ、やっぱりな。

「さぁ天月の花魁道中！　道明け行《ゆ》くのは秋水花魁、凪風花魁だ！　者共、道を塞《ふさ》ぐなよ！」

そしてとうとう、おやじ様が先頭切って歩き出す。

私は番頭さんから傘を受け取って、秋水の上に差した。

「「秋水様ー!!」」

「「凪風様ー!!」」

見物人達は動き出した道中の列を見て、花魁二人の名を呼ぶ。女の人達のキンキンした声が耳に響いた。

「ああっ、清水様よ!!」

「「清水様ー!!」」

「羅紋様もいるわ!」

「「羅紋様ぁー!」」

昔も今も相変わらず人気の衰えない二人は、こんな場面でもキャーキャーと騒がれている。主役の二人にも引けを取らないのはさすがというか、やはりというか。お願いだから主役は取らないでね。秋水と凪風が泣いちゃう。

「……ふっ」

チラっと秋水を覗けば、けっこう楽しそうな顔をしているのが目に入る。ちょっと意外だ。でもこれは恐らく、頭の中で蘭菊の腹芸のことを思い浮かべているからなんだと思う。なんかたまに吹き出しそうになってるし。

ムフ。蘭ちゃん、良い働きをしたなお主《ぬし》。私は後ろに向けて親指を立てた。

「この度《たび》花魁となる、秋水花魁だ。よろしく頼むぜ!」

「いやぁ、龍沂《りゅうぎ》のところは格がやっぱ違うねぇ。秋水花魁、今度から茶屋共々宜《よろ》しくお願いしますねぇ」

「はい、こちらこそ」

お世話になっている引手茶屋を一軒一軒回って、おやじ様が秋水達を紹介していく。

その間、秋水の笑顔が崩れることは一度もなかった。

でも……ただ一つ、気になった所と言えば。

秋水が最初に床入《とこい》りする相手の雪野《ゆきの》様と、引手茶屋で会った時に見せた表情だろうか。

◆◇◆　◆◇◆

秋水達の二日目の道中を終えた夕前。

空は澄んだ青からやんわりと紅《くれない》に変わろうという刻《とき》。

「いいですか？　閨《ねや》では基本、着物は脱ぎません」

チラ、と長い髪を背中へ流し、自分の着ている長着の襟《えり》を捲《めく》る無駄に色っぽい宇治野兄ィさま。

いいや、もはや兄ィさまではないぞ。姉ェさまと呼ばせて頂こうではないか!!

「俺もう知っています」

「でも野菊は知らないでしょう?」

「むうぅ。付き合わせてゴメンね蘭ちゃん」

あれだけの大きなイベントがあっても稽古をしないワケではなく、夜のお座敷まで時間があるので、今現在も宇治野兄ィさまのお部屋で部屋付きの蘭菊と一緒に兄ィさまから花魁のいろはを学んでいる最中である。

「あの」

「何ですか？」

本日は閨での基本事項を教えて頂いている。

色は売らないぜ！　とおやじ様から言われているのだが、何故今私は閨のいろはを学ばされているのだろうかと微《かす》かな疑問を感じながら宇治野兄ィさまの話を正座して聞いて頷いている。

しかし、閨と言えば。

「あの、秋水が……」

秋水と凪風は床技の最終チェック中。

本番前に花魁の兄ィさまからそれについての指導が入るのだ。客が慣れているとはいえ、こちら側からの粗相はないようにしたいため、念には念をということだ。

内容を聞いていてあまり気持ちの良いものではなく。私としてはなんだか恥ずかしい。皆はそうでもないみたいだけど、私が前の世界の常識にこだわる……というか、とらわれているからかもしれない。

だって、よく知る人に夜のチョメチョメについてを学ばされるんですぜ。いたたまれないよ私。

しかもギリギリだけど実践することもあるらしいから、はたから見ればまるでＢ　Ｌ《ボーイズラブ》の世界ですよ。

まぁ、皆良い男だからそうだとしても萌《も》え……ぐふふ。

「うん？　秋水がどうかしたのですか？」

「元気がなくて……」

終始笑顔だった彼が唯一《ゆいいつ》顔を崩したあの瞬間。

私はその表情の理由が分からないというほど馬鹿ではない。この世界にある程度いれば、その顔が示す思いは正確ではないにしろ大体どんな物なのかは勘づくであろう。

あの表情は『恐怖』と『少しの好奇心』が入り交じった、なんとも形容しがたい哀しい顔だった。できるならそんな顔をして欲しくはなかったのだが、本人もできるならそんな顔をしたくはなかったのだと思う。なんせ私みたいなお子ちゃま（秋水にとってはですよ）が隣にいたのだから。弱い部分を普段私や皆に一ミリたりとも見せたがらない彼だから、相当なことだ。雷《かみなり》の時本人は一度も怖いなんて言ったことはなかったし、能面顔になるだけだったし。少なくとも弱い部分は見せないようにしていたと思う。

蘭菊も分かっている。

「凪風も同じだ。洷《りく》様に茶屋で会った時。……俺、元気づけられる言葉掛けらんなかった」

「蘭ちゃんの役立たずめ」

「おま、」

「私も役立たずめ……能無しめ」

「……」

いくら芸を習って手管を学んだとしても、こんな時には全く役に立たないのが腹立たしい。

「二人とも、行って来なさい」

「え？」

二人して落ち込んでいると、格子《こうし》の外の夕陽に顔を向けながら自分の隣に置いてある三味線を撫《な》でている宇治野兄ィさまが溜め息をつくようにそう言った。

つり目の目尻《めじり》はいつもより少し垂れていて、視線の先を追うも、空の先の先を見つめていて、なんだか遠い何かに思いを馳《は》せているように見えた。

「まだ闇の時間まで少しある筈です。二人の所に行ってあげなさい」

「稽古は？」

「稽古ならいつでもできますから。でもあの二人が子供でいられる時間はあと少ししかないんです。行ってあげなさい」

赦《ゆる》すように言われたその言葉に、私達は弾かれるかのように立ち上がった。

しかし私は忘れていた。

「野菊行くぞ！」

「うっうう……うう、うん！」

「？」

ずっと正座でいて足が痺《しび》れていたことを。↑（バカ）

「二人ともなにか用か？」

「ニャーン」

目的の部屋に着くと、夜に向けて艶《あで》やかな長着を着た秋水が、正座をしている膝に護を乗せて宇治野兄ィさまと同じく格子の外の夕陽を眺めていた。青色をした頭が赤に照らされて紫に見える。なんかパレットみたい。

どうやら兄ィさまからの指導は終わっていたようで、秋水の部屋には彼しかいなかった。

私達に気づいた秋水は、振り向いて此方《こちら》を見る。相も変わらず晴れない顔をした秋水は、分かりやすい程に口がへの字になっていた。こら秋水、そんな顔をしているとブサ……まぁ格好いいからそんな顔をしていてもサマになるだけなんだけど。はい。

というか護、何であんたそんな所に。

「どうしたんだよ、お前ら」

戸口に突っ立っているままで喋《しゃべ》り出さない私達に、秋水はもう一度声をかけてきた。

「あ、と……。えっと」

「その、なんだ。あれだあれ」

そういえば、勢いで来たのは良いけれど何を話したら良いのかを考えていなかった。蘭菊も同じだったのか身振り手振りしながら何かを伝えようとしているも言葉が『あれ』しか出てきていない。間抜けにしか見えない。私もだけど。

ちょっ、ちょっと待ってね。今考えるから。三分頂戴……。……いや、やっぱちょっと待ってね。

やっぱもう一分追加で。

「ええとね、」

頑張れ、は違うと思うし。

「なんだよ」

眉間にシワを寄せている秋水さま。……すいません、すいません！　怒らないでください！

な、なんかやっぱり、この行動は本人にとって余計なお世話なのかもしれない。

もしかしたらこういう時は一人になりたいものなのかもしれない。誰かに何を言われたって、所《しょ》詮《せん》他人事《ひとごと》に聞こえてしまうのかもしれない。

そう思うと……う～ああ、もう！　難しいよ人間。人間の馬鹿野郎!!

私はつい下を向いてしまう。真っ直ぐに秋水を見られなかった。

「あの、」

でも本当に、ただ心配だったのだ。

前に思ったように同情とかの気持ちではない、友人、仲間として当たり前の感情で。

――きゅ。

「わぁっ、……え」

頭の中で色々考えていると、思いきり何かに抱き付かれる。

瞬間私の身体に伝わったのは、その何かの微かな震えだった。

「なぁ、俺は立派か？」

視界の隅に入ったのは青い髪で。

この震えている人は秋水なのだと、数秒後認識した。

下を向いていたからか、彼が立ち上がって近づいてきたことに気づかなかった。それでなくとも耳は良いはずなのに、動いた音にも気がつかなかったなんて、どれだけ私は秋水を前に動揺していたのだろう。

「秋水は、立派だよ」

下げたままだった手をゆっくり上げて、秋水の頭を撫でる。背の高い彼の頭を触るのは普通だったら容易ではないけれど、私の肩についているその頭は、手を伸ばせば簡単に届いて触れられた。

「誇れる人間か？」

「私は尊敬してるよ」

こんな秋水を見たことがないから対処の仕方なんてよく分からない。何かにすがるような声をしているけれど、今の私には秋水の問いにただ素直に答えることしかできなかった。

「お前は男か？　女か？」

「え、お、男だよ」

「そうか」

……今聞く必要あるのかそれ。

「お前は俺を嫌わないか？」

「寧《むし》ろ好きだよ」

「本当に？」

「本当に本当」

彼の顔は私から全然見えない。見えるとしたら、抱き込まれている左の肩端と着ている長着の黒柳色に賽《さい》の目《め》柄が少し。あと、口をパカパカ開けて此方を見ているアホ面《づら》をした蘭菊のみ。

だから私の視界からでは秋水がどんな表情をしているのかが全く判断できない。

それでも。

「お、おい秋水、何してんだ」

「羨《うらや》ましいのかお前」

「ちっげーし！」

今再び彼の身体から伝わった震えが、恐怖からくる震えではないということは確かだと感じることはできた。

スー……ガタッ。

「あれ、二人とも稽古じゃなかったの？」

「凪風！」

秋水の次に突撃しようとしていたターゲットが、部屋の戸をタイミング良く開けて現れる。見れば彼も立派な長着に身を包んでいた。

「おっ。よし、良いところに来たな凪風！　俺が今からとっておきの秘策を教えてやる」

「は？」

「いいか秋水、凪風！　雪野様と淕《りく》様をじゃがいもだと思うんだ！」

蘭菊がいきなり何を言い出したのかと思えば、冗談なのかふざけているのか、典型的な緊張ほぐしの伝授だった。淕様とは羅紋兄ィさまの馴染みのお得意様で、凪風の最初の閨の相手。凪風は若干呆れた目をしている。

しかし冗談ではなく、それを本気でアドバイスしていると言うなら、私は口から出かけた言葉を飲み込んで心の中で叫ぼうと思う。

――馬鹿かお前！

「俺はじゃがいもと交わるのか……」

「そ、あっいやっ、ちげー！　じゃがいもじゃなくてな」

「蘭ちゃん……言いたいことは分かるけどちょっと静かにしようか」

これ以上二人の心を乱さないでくれお馬鹿。

と思う所なのだが、会話の内容に反して非常に和《なご》むやり取りに感じたのは、秋水の頬が上がっているせいなのか、それを見てる私の口からププっと笑い声が漏れたせいなのか。はたまた凪風が蘭菊の頬《ほ》っぺたをグイグイ引っ張っているせいなのだろうか。

「僕そこまで緊張はしてないんだよね～。これが」

「おひ！　はらへぇ！　（おい！　離せぇ！）」

「あ、そうだ。野菊」

何かに気づいたように蘭菊の頬からパッと手を離し、そう言いながら私にゆっくりと近づいてくる凪風はニコニコニコニコしていて気味がわる…いやいや元気そうで何よりです。

「ぶひゅっ」

「野菊、ちょっと僕の目を見てみて」

突然両頬を思いきり手で挟《はさ》まれて顔を凪風の方に固定された。なんてけしからん奴だ。そんなことせずとも言われればちゃんと見るっちゅーに‼

「はにゃひてくはさい（離してください）」

「ん？　ちゃんと喋って」

じゃあ離せよゴルァアア！　悪魔！　ドSめぇえ‼

……ゴホン、ゴホン。失礼。

とりあえず。しょうがないので彼の瞳をじーっと見つめる。

「ぬぅ……」

ジ――――――。

……あ。なんか変な感じがしてきた。

だんだんと凪風の顔じゃなく見えてきて不思議な感じ。誰ですかおたく。初めましてどーも。

「僕だよ僕」

すいませんでした。

「……」

「……」

お互い無言。

しかし、こうじっくり見てみると凪風の瞳は綺麗だなー。灰色だが艶《つや》があり彼の髪のような銀色に輝いている。

いいなー。私もどうせなら赤とか青とか銀とかカラフルな色彩持ってたらなぁ。羨ますぃ～。

「お前ら何してんだ？」

凪風に摘《つ》まれていた自分の頬を手で押さえてスリスリしながら、不思議そうに私達を見る蘭菊。

「野菊の瞳を見てるんだ」

はい、そうですね。

「瞳？　…………！　っまさかお前」

「あー。ほらほら、蘭菊抱き締めてよ」

「オイお前誤魔化《ごまか》すな！　～離せコラ！」

私の顔から手を離し、隣に来ていた蘭菊を抱き締め始めた凪風。

ふぅ。ある種のお見合いタイムが終わりホッとする。

私の目の前で抱き合う彼らは、それはそれはもう仲良しさんで。

「そうだ秋水、おやじ様の所へ一緒に行く約束だったでしょ。だから今呼びに来たんだけど」

「ああ、そうだったな…。じゃあまた明日だ二人とも。……ありがとうな」

「僕も、ありがとう。また明日」

思い出したが早いか、二人はそう言うとあっという間に戸の外へと消えていった。

ありがとうと言われたが、稽古を中断して意気込んでやって来た割にはたいして何もできていなかったような気がする。と言うか何もしていない気がする。押し掛けただけな気がする。

気がする……。

「なぁ、」

秋水の部屋に二人残されたこの空間に、蘭菊のまだ少し高く変声期を迎えていない声が響く。

「何？」

「あいつらは馬鹿だ。姿を重ねたとしても、所詮一時の夢を見ているに過ぎないのに。ここは女が夢を見る場所だ……男は夢を見たら終わりなんだぞ。分かってるのかよ」

「蘭ちゃん」

「あ～ヤメだヤメだ！　ほら、お前今日俺と一緒に宇治野兄ィさんの座敷だろ。支度するぞ」

蘭菊は口早にそう会話を終わらせると、私より三歩先の距離を保ちながら自分達の部屋へと歩き出したのだった。

◆◇◆　◆◇◆

なんかオデコが冷たい。

シットリしてるような、いや、私のオデコがシットリしてるのではなくて、シットリした何かがオデコに……。

「おい起きろ！」

「ゲ～コ」

ゲ～コ？

あぁ、蛙か。

蛙、んー……蛙と言えば緑だよね。緑、緑緑……緑と言ったら羅紋兄ィさまでしょ、そんで羅紋兄ィさまと言ったら泣き黒子《ぼくろ》。泣き黒子は黒い、黒、黒～……と言ったら清水兄ィさま。兄ィさまと言ったら綺麗、綺麗と言ったら夕陽、夕陽と言ったら赤い。赤いと言ったら、

「らぁ、んちゃん」

「なっ」

蘭ちゃんと言ったら？

「お……」

「お？」

「お、ばか」

「この野郎……何だとチビが！　馬鹿はお前だ！　早く起きろっつーの！」

「ゲコ！」

ベシ。

オデコのシットリがなくなったと思ったら、次に訪れたのは突然の打撃だった。

おいおい、なんだ誰だバカ野郎。痛いじゃないのさ。まだ頭じゃなくて良かったよ、もう。

え？　だって禿げるからさ。

「あ、おはよう」

さすがの衝撃に微睡《まどろ》みからゆっくりと瞼《まぶた》を開き目を醒《さ》ますと、私の顔を苛々《いらいら》しながら覗き込んでいる赤い坊主がいた。手にはチャッピーを乗せているのが見える。チャッピーは私が起きたと確信したのか、蘭菊の手からピョンと跳んで、未だ横たわったままの私のオデコの上に着地した。

ん？　このシットリ感。

あ、もしかしてシットリの正体チャッピー!?

「ゲコゲー（俺だ）」

あぁ、やっぱりね。そうだと思ったよ。うんうん。

それから顔を動かして窓の外を見てみれば、晴れ渡る空が良く見えて、雀《すずめ》がチュンチュンと格子の向こう側で伸び伸びと飛んでいる姿が目に映った。

とても爽や………あ…わ。え……ウェェ。今雀が口に咥《くわ》えてたのもしかして虫？

ウェェ。爽やかな寝起きに見るもんじゃないよ。

まぁ、自然界のピラミッドからするに仕方のない光景だけどさ。朝一で見たくなかったな。

「おはよう、じゃねーよ。早く部屋掃除しねーとおやじ様が来るだろうが！　急げ馬鹿！」

「え。あっ、うわわ！　ゴメン蘭ちゃん！　今布団も仕舞うからっ」

座敷の時以外で着る着流しに身を包んだ蘭菊が、布団の上で上半身を起こした私の隣に、腕を組んで立ちながら怒鳴る。

なんだ偉そうにこの野郎が！　と言いたいが、今の状況では完全に私に非があるのでそんなことは言えない。素直に謝ります。ごめんなさい蘭ちゃん。というか私も寝惚《ねぼ》け頭で多分『蘭菊はお馬鹿』とか別に言っちゃったような気がするのでおあいこで。

「お前今日は羅紋兄ィさんの座敷だっけか？」

「うん」

窓の砂を布ではたきながら綺麗に掃除していく。話しながらだが、比例して手が動いていないワケではないので良いのです。

「ゲコ（おい、ちょっと）」

あ、チャッピーの水取り換えようかな。

「何か、ほんとにお前たらい回しだよなー。そのうち秋水と凪風の座敷にも出るんじゃねーの」

「どうかなぁ」

秋水達が花魁になって、あれから二ヶ月。

別段これといってそれからの二人の様子に変わった所はない。ただ一つ変わったとすれば大人っぽくなったかな？　と全体の雰囲気で感じるくらいで。

あと前以上に私や蘭菊をチビ扱い子供扱いすることが増えたとかかな。

あんにゃろうどもめぇ、調子ノリやがってこん畜生。やんなっちゃうよね本当。

「あー、でも今月座敷に出るのは今日で終わりだよな野菊。やっぱねぇか」

私や蘭菊、引込新造が座敷に出る回数は制限されている。

直垂新造や芸者は特に制限なく、座敷があれば出られるのだが、引込みの場合は違ってくる。

禿の頃と大体理由は同じで、花魁に確実になる予定の新造をそう易々《やすやす》と客の前に出させるワケにはいかないから、だそう。しかし妓楼の奥に引っ込めていても座敷での教養は座敷をある程度経験しなければ覚えないし、場慣れも非常に大切だからということで引込みでも座敷に出ることになる。

そんなこんなで、私や蘭菊という引込新造が座敷に出るのは月に三回。一、二週間に一回のペースだろうか。座敷では主に箏や三味線を奏でたりしており、私にとっては普段から稽古で鍛えている成果を発揮できる場となっている。もちろん兄ィさま達の客とのやり取り、あしらい方……つまりは手管だが、を演奏しながらもきちんと観察している。

チラチラと見てますよはい。チラチラとね。ムフ。

ちなみに引込みは客とは話さない。仮に話し掛けられたとしても言葉を返してはいけない。

お触りも厳禁。

あくまでも芸を見せるのみである。

「よし、終わりだな」

「ありがとうね」

「おぉ、感謝しろ感謝しろ。……あーあ。飯食ったら稽古かー」

ペチャクチャ喋りながらも掃除が終わる。

もう長着に着替えているので二人でご飯を食べに食堂へと向かうことにする。

「羅紋兄ィさま、今日は何を教えてくれるんだろうな～」

「なんか色々適当だけどなあの人」

「何言ってんだよ蘭菊。そこが兄ィさまの長所なんだぜ」

「おい。たまに変な男喋りになるのやめろ」

そうして午前中の時間は過ぎていった。


今更だけど『手練手管』の意味とは、思うままに人を操《あやつ》り騙《だま》す方法や技術、及び、あの手この手で巧《たく》みに人をだます手段や方法のことである。

『手練』は巧みな技、『手管』は人を自由に操る（騙す）手段。ともに人をだます手段や技術のことを指す同義語であり、これを重ねて強調した言葉がそれ。総じて人を巧みな技で思いのままに操ることを意味するのだ。

「口説《くぜつ》って分かるか？」

午後は羅紋兄ィさまからの指導になる。

相も変わらず兄ィさま部屋の中は、色んな物で溢《あふ》れている。溢れていると言っても、ゴチャゴチャ散らかっているという意味ではけしてない。

「それは確か、痴話喧嘩《ちわげんか》をするってことですよね」

口説は痴話喧嘩の意味。

中々来なかった客に対して、『何で来てくれなかったの？　寂しかったんだけど』『俺のこと嫌いになったのかな。……もう知らないよ。フン』とかみたいなことをワザと言って、『あぁ、私のことが好きなんだわ。拗《す》ねちゃって。やっぱり私にはこの人だけよね』と客の心をくすぐる技である。

しかし、それが万人に効くのかは定かではないけれども。

「なぁ野菊、清水と俺のどっちが好きだ？」

「え……？」

いきなりどうした。

「あー。いや、やっぱいいや。どうせ清水の方だろ？」

「兄ィさま？　別にそんなことは……。といいますか、お二人のことは比べようもないですよ」

「別に良いぜ、気ぃ遣わなくても」

「い、いえ、気も何も」

「はぁ、俺は野菊が一番好きなのにさ。結局どっち付かずかよ。あーあ」

凄くいじらしく顔を横に背《そむ》けた羅紋兄ィさま。な、なんか突然でよく分かんないけど可愛いんですけど…………あ。キュン。

え、きゅん？

ん…………あ。もしかして。

「ってな感じだ」

「おおー！」

顎《あご》に手をあてて此方を見てドヤ顔をする羅紋兄ィさまは、そんな仕草《しぐさ》もキマっていて。……か、格好良いっす！

私は両手をすぐさま胸の前に構えて、例を見せてくれた兄ィさまにパチパチと拍手をする。

いきなり始まったから何かと思ったが、こう実践してもらえるとやっぱり言葉で聞くより結構分かりやすいので、とても為になる。

でも予告はして欲しいです。色々ビビるので。

「そういやな、お前これ知ってるか？」

と言うと羅紋兄ィさまが化粧台の引き出しから何かを取り出した。長方形で、紙が何枚も重なってまとめてある。これは本？　かな。

「いいえ、何ですか？　これ」

私に差し出されたのは、表紙に男女が並んでいるイラストが描いてある一冊の本。何だろう。

「これは『四十八手』って言う本なんだけどな。つまりは、春画《しゅんが》だ」

「しゅ、春画ですか」

あぁ、つまりはエロ本ですね。

――――ん？

「春画？」

「見るか？　良い勉強になるぞ」

いやいやいや。何その羞恥《しゅうち》プレイ。どうやったらあの流れで春画を見るという行動に移ろうと思うんだ兄ィさまよ。エロ魔神と呼ぶぞ今日から。大体男と女の営みを兄ィさまと一緒に見るとかどんな拷問《ごうもん》ですか。

絵だけどさ、絵だけどさ!?　何か嫌だよ！　物凄く嫌だよ！

誰か、誰かヘルプミー！

ヒュッ――――ザシュッ。

「きょっわ……え、簪《かんざし》が」

「嘘《うそ》だろ!?　春画が！　オイ誰だこの野郎！」

何か突然よく分からないことが起きた。

羅紋兄ィさまに見せられようとしていた春画が、何処《どこ》からともなく飛んで来た簪に勢い良く貫《つらぬ》かれて、床へと落ちてしまったのだ。羅紋兄ィさまは破れて貫かれたエロ本を見て嘆き悲しんで、台無しにした犯人に怒って叫んでいるが、ぶっちゃけ私自身はそんなに見たい物ということでもないため一ミリたりとも悲しみはしない。どっちかと言うと簪が尋常ではないスピードで飛んで来たということに私の関心は向かっている。

一体どうやったらあんな速さで簪を飛ばせられるんだろう。何か忍者……忍者みたい。シャーッてさ、シュッてさ、スタイリッシュにさ。うぷぷぷ、カッチョいい。あ、でも忍者っているのかな、この世界。

「あのね、こういうのは野菊にまだ見せるべきではないし、やめてくれないかな」

「え」

戸襖の方から声がしたので振り返ってみると、向こう側から姿を見せたのは……何か凄《す》んげぇおっかない顔をした清水兄ィさまだった。

「やっぱお前かよ!」

こ……怖い、怖いです兄ィさま。

顔が整っているだけに迫力が。み、見ないようにしよう。

だが兄ィさまはゆっくりと此方へ近づいて来ると、両手を差し出し、

「野菊、羅紋の座敷が始まるまで私が色々教えてあげるから、こっちにおいで」

「おっ、わ」

――ヒョイ。

え、ちょっ………おい兄ィさま。

「に、兄ィさま降ろしてください！　無理です重いですよ私！　それに恥ずかしいですこの年で！」

「恥ずかしくない。恥ずかしくない、ね？」

いや、『ね？』って！

笑いながら小首を傾《かし》げるなコノ野郎！　可愛いだろうが！

清水兄ィさまに横抱きに持ち上げられたので、何だかいたたまれなくなり、そうやって抗議を試みた。だってこれ、世間様でいうところのお姫様抱っこってやつじゃないか。小脇に抱えられるならまだしも、こんな小っ恥ずかしい体勢をまさかこの世界で経験しようとは思ってもみない。小さい頃の高い高いは百歩譲って仕方なかったとはいえ、これは……。

しかし私はそんな恥ずかしさよりも、兄ィさまの仕草に不覚にもやられてしまった。

なんか私って、可愛い仕草に弱いのかな。女のも男のも。

「お前、自分に付いてる他の新造達には教えなくて良いのかよ」

「あの子達には普段から座敷に出てもらっているし昼の後一刻《いっとき》程は必ず稽古をつけているから。それに私に一々指導されなくても、理解して自主練習しているよ。皆優秀だからね。………さぁ、それじゃあ失礼するよ」

「え、おい――――」

――――カタン。

羅紋兄ィさまの声を無視して私を抱えたままの清水兄ィさまはスタスタと戸の外へ向かい、そして部屋から出たのであった。

◆◇◆　◆◇◆

桜の木に蕾《つぼみ》がチラホラとついてきている。

梅の花はつい昨日散ったばかり。

朝は相変わらず寒いけれど、昼になれば結構暖かくて。

冬眠している動物達は、あと少しで目を覚ます。

様々な変化がみられるそんな頃。

ムズムズ。

「むにゃむにゃ……うぅーん、ん？」

朝方。なんだかよく分からないが、違和感がして目がパチリと覚めた。

起きて上体を起こせば私は押し入れ前の畳の上。布団から結構離れている。相変わらずだなオイ。

しかし違和感の正体は、畳の感触だったのか。でも畳の上で朝を迎えるのは日常茶飯事《にちじょうさはんじ》とも言えるので、違和感を感じるか？　と言われたら、それほどでもない。

「んー……寝よう」

まだ時間は早い。

と布団に戻ろうと下を向いた時、自分の単衣の下が広がっているのが見えた。いつもなら特に気にも留めないが、白の単衣にない色素を見つけてしまう。これは。

「………あ、ああ！」

私の身体にも変化が訪れたようです。


「んー」

どうもどうも。

女の子の日が来ちゃいました野菊です。

「さてと」

えーと、えーと何処かなー。

愛理ちゃんから貰ったもっこ褌《ふんどし》は。

確か箪笥《たんす》の一番下から二番目の引き出しに入れておいたような……。

チラリ。

「スー……スー……」

横目で斜め後ろにいる気持ち良さげな顔で寝ている蘭菊を見る。

よーし、目覚めるなよ。良い子だからねんねしてるのよ。

なんとか奴に気づかれないよう慎重に行動しなくては。こんな醜態、晒《さら》すわけにはいくまい。

ちなみに愛理ちゃんには、本当につい最近生理にと専用の下着を頂いた。

『愛理ちゃん！　たのもー！』

『ノギちゃんは朝から元気ね』

十義兄ィさまづてで『愛理がな、渡したい物があるから明日野菊に朝一で部屋に来てほしいんだと』と食堂で聞かされた私は、次の日には早速、可愛こちゃんの部屋へと飛んで行ったのである。そして頂けたのがその下着だった。

生理について聞きに行った時の一件以来、愛理ちゃんは親しみを込めて私を『野菊ちゃん』と呼んでくれていた。嬉しいよ、嬉しいのだけれども。私も愛理ちゃん、と遠慮なく呼ばせて貰っているのだけれども。未だに違和感が拭えないというか、何というか。『ちゃん』がくすぐったくて。それにいつからか『野菊ちゃん』が『ノギちゃん』へと進化し、それについての理由を聞けば、こっちのほうが呼びやすい、のだと言われた。……ま、まぁ確かに。

だけど『ちゃん』はちょっと……。と思った時、あ、蘭菊のこと『蘭ちゃん』って呼んでんじゃん自分。と思い出すと、何か急にどーでも良くなった。そこまで騒ぐ程のことでもなかったなと少し恥じる程度に。

なので今日も変わらず私はノギちゃんと呼ばれている。

「愛理ちゃん、おはよう」

「あらノギちゃん。今日も朝が早いのね。おはよう」

朝早くに目が覚めてしまった私は、妓楼の中を適当にぶらついていた。すると裏庭で皆が使った手拭《てぬぐ》いをお洗濯している愛理ちゃんを見つける。まだ朝の六時くらいだっていうのに、水だって凄く冷たいだろうに、彼女はゴシゴシと手を動かして働いていた。

私が声をかけると、愛理ちゃんは手を止めて挨拶を返してくれる。今日もその優し気で温かな笑顔がささくれだった胸に沁みた。

「皆まだ起きてないのに、一人でやってるの？」

物置などがあるこの裏庭は、下働きの人達の主な活動場所。薪《まき》を割ったり洗濯をしたり、野菜の下ごしらえをしたりと色んなことに使っていた。だいたい遊男の皆や下働きの人達が寝に入る時間は一緒なのだけど、幾分か起きる時間帯に関しては下働きの方が早い。飯炊きなんかは料理の下ごしらえがあるから特にだ。それでも六時なんてのは普段から起きる時間に比べては早すぎる。

愛理ちゃんは私の質問にクスクス笑うと、水に浸《つ》かっていた手拭いをギュッと絞った。

「だって、いっぱい働かないと。私、このくらいしないとたぶん……そんなに役に立ててないと思うし」

「役に？」

「飯炊きさんや、番頭さんたちが羨ましい」

愛理ちゃんは次いでカゴから酷《ひど》く汚れた手拭いを取ると、桶《おけ》の水に浸けて洗いだす。白い手拭いは半分が茶色に変色していて、とてもじゃないけど完全に落ちそうには見えなかった。

「うわぁ、それもしかしたら蘭菊が汚したやつかも」

この手拭いには見覚えがある。

「蘭菊くんが?」

「昨日あいつ食堂でご飯食べてたときに、思いっきり醤油《しょうゆ》を自分の単衣と床に零《こぼ》してさ。急いで拭《ふ》いてたんだけど、もしかして単衣も洗濯に出てたりする?」

「うん、あそこに」

彼女の指さす先にはグシャッと丸めて洗濯カゴに詰められている蘭菊の単衣があった。

「なんてはた迷惑なやつ」

「まぁまぁ、お仕事があるのは私にとったらありがたいことだから。いいのよノギちゃん」

「むぅー」

「でもこれ、灰汁《あく》足してポンポンで圧《お》さないとダメかもね」

愛理ちゃんはちょっと待っててね、と物置まで小走りで行ってしまった。とりあえず彼女はよく動く。儚げな見た目からは想像がつかないくらいに。

「ポン、ポン?」

でもポンポンって何だろ。灰汁なら分かるんだけどな。

灰汁とは灰を水に浸してとった上澄みの水のことで、ここでは洗剤みたいな扱いをしている。他にも米ぬかとか米のとぎ汁、お酢なんかも使って洗濯をすることがあるらしい。

「お待たせ」

その後しばらくして戻ってきた彼女の手には、茶色いお碗とでっかい染み抜き棒が握られていた。

……あれ、染み抜きってあんなに大きかったっけ。確実に大太鼓のバチぐらいの長さはあるし、先っちょの綿の入った布はおやじ様の拳ぐらいある。

もしかして愛理ちゃんが言ってたポンポンって、このアホみたいなデカさの染み抜きのこと？

……ポンポンっていうより、ボンボンっていうか……。

いったいそれをどうするのかなと観察していれば、愛理ちゃんはお碗に入っているだろう灰汁を手拭いが入っている桶に入れた。それから片手に持っていた大きな染み抜き棒を振りかざすと、勢いよく手拭いに向かって叩きつける（押しつける？）。ダンッダンッダンッ、とわき目もふらず凄い速さで叩きつけている。

「あ、愛理ちゃ……」

「よいさぁっ！」

ワイルドだ。

あんなに手をブンブン速く動かせる女の子、そうそういないと思う。

桶の中を覗こうとすれば、あまりの速さで手拭いがどうなっているのかは見えなかった。

私は桶の横から少し離れてしゃがみ込む。愛理ちゃんはずっと膝立ちで作業をしていた。どこかの職人さんみたいに見えた。

「ん……よし」

どうやら終わったようで、染み抜き棒を別の桶の中に置くと、叩いていた手拭いを取り出した。

「凄い。さっきより、うんと綺麗になってるね」

「このあとはまた綺麗な水にさらして、大豆の煮汁でもんで、また洗わないとね。頑張んなきゃ」

額《ひたい》に汗をかいたのか、腕で拭いながら愛理ちゃんはそう言った。

「愛理ちゃん、なんだか職人さんみたい」

「？」

「たぶん一番丁寧なんじゃないかな。お洗濯の匠《たくみ》だね」

ニッコリ笑って率直な感想を伝える。

すると愛理ちゃんは目元を赤くして目を瞬《またた》かせた。可愛い。照れている。

「ノギちゃん、女の子だよね？」

「え？　う、うーん。女……だね」

「そっかぁ」

残念、なんて声が聞こえた気がしたんだけど、残念てどういう意味なのだろうか。

◆◇◆　◆◇◆

桜の季節を迎えた吉原では、恒例になっているあのイベントが始まる。

「凄いですね～。今年も全員指名ありなんですね」

「まぁな、流石《さすが》うちの奴らよ。鼻が高いぜ。ほらくっちゃべってねーで手ェ動かしな」

「はーい」

「お前それ阿倉《あくら》兄ィさんの客名だぞ、こっちだこっち」

「あ、本当」

「野菊、これはどっちかな？」

「えーとねぇ。お……これはそっちだよ」

お客と行う花見の時期が到来。

私や蘭菊、他の新造達で書道が得意な者は今、おやじ様と一緒に花名札《はななふだ》を作っている。花見の客と遊男達の指定の席に置くただの飾りつけみたいなもので、一つ一つ丁寧に仕上げていく。

広い畳の一室、花紙や色紙、墨汁に筆にカラフリーな紐や型紙が散らばっていて、なんか小さい子供が保育所で遊んだ後みたいになっていた。

おやじ様を中心に作業を進めていく私達は、今日の夕方までの人生をこれに費《つい》やす。

「普通の紙に客名だけ書けばよくないですか？」

「いーからサッサと手を動かせ馬鹿もん」

花とか別にいらなくね？　とか思うのだけど、こういうのが結構大事なんだとおやじ様が言い張るので、ブーブー言いながらも手を動かしていく。

確かにお客にとったら『わぁ～！』と綺麗な飾りや色が付いた花名札を見て感動するだろうが、チマチマと作業を進めていく私達にとっては面倒という一言に尽きる。だいたい、手を動かせと言っている本人は煙管《キセル》片手に皆を眺めているだけだし。でも眺めているだけと言ってしまうとアレだけど、札のデザインを考えたり、全客のリストを纏《まと》めて、花見のセッティングを決めて指導するのは全部おやじ様一人で受け持っている。

そんなお疲れ状態のおやじ様に失礼なことを言っているとは思うのだけど、いざ目の前で横になり煙管をスパスパやられると、分かっていても『このおやじ邪魔じゃああ！』と叫びたくなってしまう。

でもいなかったらいなかったで、分からない部分があった時におやじ様がいなかったら困るし。なんとも言えない。

「そういや、お前今日風呂じゃなくて清拭《せいしき》だろ？　と言うか体調大丈夫なのかよ。休んでてもいーんだぜ？」

「蘭ちゃん優しいね」

「いっちいち言うな！　馬鹿じゃねーの馬鹿！」

私が生理になり早一ヶ月。宇治野兄ィさまとおやじ様の提案で私は女の子の日の間、風呂には入らず水で濡らした手拭いで身体を拭いて洗うことになった。ちなみにおやじ様に私の生理をソッコー報告したのは宇治野兄ィさま。頼れる母である。

「そうだなぁ。野菊、あんま動いててもアレだからよ。おめぇ座敷は今日ねーんだし、コレ終わったら部屋で休んでろ」

「え。でも、思うほどお腹とか痛くはありませんし。大丈夫なんですけど」

「良いから休んどけ馬鹿野郎！」

「なっ何なんですか！」

男には未知の領域なため、心配で心配で堪《たま》らないオヤジなのであった。

◆◇◆　◆◇◆

「今日は起請彫《きしょうぼり》について教えますね」

「起請彫？　ですか」

今日も今日とて花魁の指南。

昼前の今は、空腹のためか妙に集中力がアップしている
「手管の一つです。手管には色々ありますが『心中《しんじゅう》』と呼ばれている技は知っていますか？」

「しっ、心中⁉」

「正しくは『心中立《しんじゅうだて》』と言うのですが……。全部で六つありまして、誓紙《せいし》、放爪《ほうそう》、断髪、入れ墨、切り指、貫肉とあります」

「心中」は本来「しんちゅう」と読み、「まことの心意、まごころ」を意味する言葉だが、それが転じて「他人に対して義理立てをする」意味から、「心中立」とされ、特に男女が愛情を守り通すこと、男女の相愛をいうようになったそうだ。

また、相愛の男女がその愛の変わらぬ証《あかし》として、髪を切ったり、切指や爪を抜いたり、誓紙を交わす等の行為もいうようになり、そして、究極の形として相愛の男女の相対死《あいたいじに》を指すようになったともいう。

「昔は相対死をやってしまう遊男が多く、吉原内で問題になりました」

「し、死んじゃうんですもんね」

「本当、嘆かわしいことでしたよ」

『誓紙』は『起請文《きしょうもん》』ともいい、分かりやすく言えば『血の契約書』みたいな感じだそうで。書いてあるのは浮気しねーから、裏切らねーから、お前だけだから、な風の内容。そして約束の印として自分の指の血を使って『血判《けっぱん》』を用紙にブチュッと押すのである。

まるで闇の儀式みたいだ。

『放爪』は『爪印』ともいって、爪を抜き客に渡すことで誠意を見せたのだと言う。…わかんねぇぜ。

『断髪』は、頭髪を切り女に贈り、他意のないことを示す。

入れ墨は、『いれぼくろ』、『起請彫』ともいい、客の女の名を彫る。たとえば『雪野』であれば『ゆきの命』と『命』の字を名の下に付ける場合もあった。これは命の限り思うという意だそうで。『橋架《きょうか》』であれば『きょう命』、『清水』であれば『きよ命』、ときには名字の片字、名前の片字を上腕に彫り込むと言う。針を束にしてその箇所を刺し、兼ねて書いたとおりに墨を入れるのだが、本気で入れる人は少ないらしく、殆《ほとん》ど筆で腕に名前を書いただけの偽物を見せる人が多いらしい。

『切り指』は、手の指先を切り落とすこと。

『貫肉』は、腕であれ腿《もも》であれ、刀の刃にかけて肉を貫くこと。……もうワケが分からない。とにかく痛いよ。色々。

「試しにやってみます？　俺と心中を」

「ええ!?」

笑いながら、しかもこんなライトに『心中やろうぜ！』な誘いを受けたのは初めてだ。

しかも心中の内容が内容なだけに恐ろしい。

「あはは、指を切ったり髪を切ったり爪剥《は》がしたりなんてしませんよ」

「じゃあ」

「筆で。お互いの名前を身体に書いてみましょうか」

どうやら一番命を削らない入れ墨をやるようだ。良かった。爪を剥がせ、なんて言われた日には気絶する自信がある。……私遊男に向いてないのかな。いや、そもそもその行為自体があり得んのだ。

でも。

そんなあり得ない行為をするからこそ、愛の証明になったんだろうけど。……バイオレンスだよ。

「それでは、と」

宇治野兄ィさまは筆と墨を引き出しから出すと、髪を一つに括《くく》って墨をすりだす。背筋を伸ばし、とても綺麗なフォームで墨をすっているが、目的が書道ではなく、言ってしまえば落書きのために使われると思うと、なんとも言えない笑いが込み上げてくる。

無論、兄ィさまの前で盛大に笑いはしない。後で思い出し笑いをして発散させようと思う。

「では汚れないように上は脱ぎましょう」

そして、いそいそと二人して着物に墨が付かないように脱いで上半身裸になる。

毎日男に混じってお風呂に入っているのだ。特に抵抗は無い。それに胸にはサラシを巻いているため、見た目的に可笑しなことになっているようには見えまい。（十分おかしい）

「野菊～」

「？」

「えい」

「にょわっ」

まだ墨の付いていないまっさらな筆で頬っぺたをなでられる。てか『えい』って！　可愛いんですけど！

お茶目なんだからもう。

「では。うじの命、と書きますね」

正座をした私の正面に座り、胡座《あぐら》をかく兄ィさま。普段礼儀正しい彼が胡座をかく姿は意外に貴重で。内心私の心は躍っている。なんて言うんだっけコレ。ギャップ萌え？　あれ、違うかな。

とにかく男らしい姿だ。……落書きするだけなのに。しかし、いやはや兄ィさまの裸体（あ、上半身）はいつもながら美しい。ムキムキのマッチョではなく細マッチョでもない、顔との均等がとれた程よいマッチョ感。腹は割れすぎではないが六つに割れているのが目で分かる。着物を着ていると普段は分からないので、閨でこれを見れる馴染みの客はラッキーだろうな。

あら？　でも閨の時着物は脱がないんだっけ？

それにしても筆が二の腕を這《は》う感触がしてムズムズする。

しかもゆーっくり、ゆーっくりと書くものだから、

「ふっ、ひゃぁ……あは」

「あ、くすぐったいですか？」

笑顔で楽しそうに伺《うかが》ってくるこのお人は、それでも止めることはなく、筆を墨に再びつけ直すとまた書き始める。とても楽しそうに書いているのでそんなに楽しいのかと、私も早く宇治野兄ィさまの腕に書きたくて仕方がない。ウズウズ。

「はい、できました」

「おおぅ。うじの命……。なんか兄ィさまの信者みたいですね私」

ファンみたい。

「では、次は野」

「失礼しま――……何してるんですか宇治野兄ィさん、野菊」

兄ィさまに促され私が筆を持とうとした瞬間、戸から入って来たのは、

「あ、凪風」

「どうしました？」

「ええと……」

私と兄ィさまを交互に見る彼、凪風は額に手を当てて目を瞑《つむ》ると、次には踵《きびす》を返して戸から部屋に一歩しか進ませていない足を廊下へと引っ込める。

「いえ、ちょっと野菊に用事があったんですが。……昼後にします」

何か良からぬ物を見たような感じで部屋の戸襖の前から去って行く凪風。

え、何。何でそんな感じ？

「あぁ、そう言えば昼ですね丁度。では、心中についてはここらへんにして、野菊は食べて来なさい。凪風も用事があるようですから」

「え、でも。……はーい」

そう言われてしまったので着物を着直して前を整える。

ちぇっ。結局、宇治野兄ィさまの腕に書けなかったじゃん。書いてみたかったのに。ウズウズを返せバカ野郎。

◆◇◆　◆◇◆

最近、吉原内で殺傷事件が多発している。

昨日なんか、お向かいの妓楼で二人が刀で斬りつけられたらしい。二人とも遊男で、その内の一人は花魁だそうで。犯人は男らしいけど、詳しくは分かっていないみたいで、まだ捕まっていない。……物騒《ぶっそう》だ。外が暖かくなると変質者が増えるって本当なんだな。なんか、ほら、冬眠から目が覚めるみたいな。

「二人は大丈夫なんか？」

「ああ。一応護身術は覚えさせてたからな。手当てすりゃ治るさ……それよりお前んとこも気を付けろ」

「気を付けるなぁ…気を付けるったってよ……。大門《おおもん》はとじねーのか？」

「どーだろうな。上が閉めないと言っている限り開いたまんまだろう。しかし…まさかこっちの方まで被害に遭《あ》うとはな」

向かいの妓楼『花宵妓楼《はなよいぎろう》』の忘八《ぼうはち》、花田《はなだ》様とうちのおやじ様は仲が良い。幼い頃から忘八として教育されてきた二人は幼馴染みだとも聞く。たまにこうしてお互いの見世の食堂で語り合うことがあるのだが、今回の内容はたいへん深刻なものである。

「日中なんだろう？　男だったのか、やっぱり」

「うちの奴が言うにはな」

今は昼時で宇治野兄ィさまの命でご飯を食べに食堂へ来ている私。今日も此処のご飯は美味《おい》しい。このお味噌汁に入ってる麩《ふ》が好きなんだよね。は？　味噌汁じゃなくて麩かよ、と言われそうだが、味噌汁が美味しいのは分かりきっていること。その中でも具材として一番好きなのがお麩っていうだけ。桜と紅葉の季節にはカラフルなお麩を入れてくれるから、それもご飯の時の楽しみの一つ。飯炊きの人にさりげな～く頼めばお麩を沢山入れてくれるから、嬉しい限りだ。

「傷口はもうパックリでな、赤い肉の下に骨がちょいと見えてよ。手当てすりゃ治るとは言ったが、あんなグチョッてなった部分は見てるだけで痛ぇよ」

そんな『お麩お麩～』な私の前の席で繰り広げられるおやじ様達の会話。食堂に私が来た時は確か向こうの方で話していた筈なのに、さっき何故かわざわざ目の前の席に移動してきた。

あのですね、私は今ご飯を食べてるんですよお二方《ふたかた》。美味しい美味しい鰯《いわし》の味噌煮を食べているんですよ。

なのにさっきからパックリだのグチョッだのと……。頭がいらん想像するから止めて欲しい。鰯が食べれなくなる。

「野菊よぉ、お前花宵に手伝いに来ねーか？」

「え、」

いきなり話を振られたので、箸《はし》を止めて目の前の花田様をギョッと見る。

手伝い？　何のよ。と言うかそもそも他の妓楼の奴が違う妓楼に入っても良いのかい。いや、あかんでしょうが。

もしや……まさか、それ言うためにワザワザ席を此方に移動してきたのか。

「江吉《えきち》てめぇなに言ってんだ。許可するわけねーだろ俺が」

溜め息をつきながら『馬鹿じゃねーの』的な目で花田様を見るおやじ様。

よし、次はもっとえげつない目で見てみようかおやじ様。いける、まだいけるよー。もっと表情の引き出しを開けてみようか。

「座敷に出るワケじゃねーよ。ちょっと斬られた奴の世話を頼みてぇんだ。人手が足りなくてな」

「はぁ？　新造とか禿に遣り手《やりて》やら番頭やらにやらせりゃいーだろうが」

「あいにくうちは龍沂《りゅうぎ》んとこほど人が余ってねーんだよ。なぁ、引込みなら座敷には出ないだろ？　夜は手、空いてるんだよな？」

「ふざけんな。うちの馬鹿な飯炊きそっちに寄越してやるから野菊は諦《あきら》めろ」

花田様が言った「龍沂」とは天月の忘八の名前。つまりはおやじ様の名前である。

お顔に確かに合う名前で、龍の顔のように凄みはあるとおもう。おやじ様にそのことを言ったことはないが、言ったらきっとブっ飛ばされるか思いの外誉《ほ》め言葉と捉《とら》えてくれるかの二択だ。

「えー。いーじゃねーか。社会勉強させると思ってさぁ。女だってのを気にしてんなら、別に女の格好で来てくれりゃ隠す必要もなくなるからそれはそれでいーぜ？」

花田様には私が女であることを、おやじ様が既にバラしている。よっぽど信頼をおける人物なんだろう。おやじ様の家で過ごしていた時期にも私の所へわざわざ来てくれたりしていた。

バラした理由だが、おやじ様曰《いわ》く『味方は一人でも多いほうが良い。まぁ、本当に信頼できる奴だけだがな。それで後々助かることもある』ということらしいが、いまいちよく分からん。

そもそも、違う妓楼の方に話す必要はあったのだろうか。

「ったく、聞かねーなぁ。そんなに野菊に来てもらいてーなら、こいつの屍《しかばね》を越えていきな」

「どうも、花田様」

そうおやじ様が言った後、いきなり声を掛けてきた人物に花田様の顔色が青くなる。

「げっ、清水」

「お久しぶりですね」

ニコニコ顔で登場したのは清水兄ィさま。ちょ、いつからスタンバってたんですか。

そして花田様はまるで野生の熊《くま》や狼《おおかみ》にでも出会ってしまったように固まっている。

おい、どうした花田。

「で、どういう用件ですか？　あ、野菊はそれ下げてあっちに行っておいで。あと凪風が呼んでいたよ、何か約束しているの？」

「外に行く約束をしています」

「……ダーメ」

「ひぁ」

伸びてきた兄ィさまの手に頬っぺたをムニュと引っ張られながらお叱《しか》りを受ける。

「ひゃのっ（あの）」

「駄目だよ、今は物騒なんだから」

「へも……あへから、やふほふひていはのです（でも……前から、約束していたのです）」

以前から約束していた吉原内でのお買い物。三年前から規則も緩《ゆる》くなり、吉原内を昼の間だけ出歩けることになっていたのだが、一度も私は出たことがない。もう出たくて出たくて仕方がない。

我慢できないので誰かとお買い物というものをしてみたくて、一番最初に行き合った凪凪に冗談ついでに話してみたら快《こころよ》くOKしてくれたのだ。……なんか怖い。

彼は本を見たいと言っていたし、新しい碁《ご》の石も欲しいと言っていたため、外に行くのには全く抵抗はないらしかった。

いつもなら嫌味の一つや二つ言いそうなのにな。『え、一人で行けないの?』とか『暇なんだね』とか心を抉《えぐ》るような言葉が飛びだして来るものだと、話しかけながらも若干構えていた私の鋼《はがね》のハートは拍子抜けであった。

しかし、うーん。

やっぱり危ないかな。外をウロウロしちゃ。

「そんなに行きたいの?」

「行きたいっちゃ、行きたいのですが……。よく考えれば危ないですよね今は」

「じゃあ私と一緒に行くかい?」

心強いけれど、何か違うぞ。

「いや、お前も出るのは駄目だ」

「何故です?」

「それがな、斬られた奴らに共通すんのがよ」

「まぁ、斬られた奴全員に共通すんのが『黒い髪』の奴ってとこなんだ。うちのヤられた二人も黒髪だったしよ。黒い髪の奴になんか恨みでもあるんかねぇ?」

結局そんなこんなで外出はできず。凪風も午前中に用があったのはそのことだったようで『また今度にしよう』と私に言うつもりだったらしい。

なんだし。

◆◇◆　◆◇◆

「客がお膳に箸をつけるまで、私達も箸をつけてはいけない。あとは」

午後からはさっそく花魁の兄ィさまによる、客への接待、遊男の手練手管についての指導になっていた。

新造は一人の花魁に付くはずなのに、私は見事にたらい回しらしい。禿の頃となんら変わりがないではないか、と愚痴る。そりゃ色んな兄ィさまから学ぶのは良いと思うけれども。たらい回しの理由を素直に教えてくれないおやじ様にイライラが募っていく今日この頃。

大好きな気持ちは別だけどね。

「良い？　客に接吻《せっぷん》をせがまれても、簡単にしてはいけないよ。言葉巧みに躱《かわ》して頬や口の横にするかでまぎらわせてね」

「どうしてですか？」

今日は清水兄ィさま。清水兄ィさまには秋水が付いていたのだが、彼が十五歳を迎えるにあたり花魁付きは卒業したので、指導を受けているのは私一人となっている。蘭菊は宇治野兄ィさまに付いているので、また別だ。

「どうしてだと思う?」

「どうしてでしょう?」

この人の場合、其処にいるだけで女は堕《お》ちるだろうし、客に囁《ささや》くだけで一晩百両は飛ぶほどだと思う。正直、そのようなお人の教えを実践しても、本人ほど効果的じゃないんじゃね……とか思っている人には思わせておく。

兄ィさまが外見だけで花魁やってられていると思うなよ!

「接吻はね、本当に心を貴女《あなた》に捧げても良いという証なんだよ。遊男のね。まぁ手管の最後の手段とでも言うかな」

久しぶりに入った清水兄ィさまの部屋は、相変わらず殺風景だった。

何か色物を少し足した方が良いと思うのだけれど……男の人ってこういう部屋が好きなんだろうか。

羅紋兄ィさまの部屋は逆に派手だから一概には言えないけれど、鏡ならまだしも箪笥や化粧台にまで白い布を掛けているのが不思議でならない。もしかして極度の潔癖症とか?

「じゃあ、ここぞという場面で使うのですね」

しかし、ほうほう。

なら清水兄ィさまは雪野様に心を捧げているということだろうか。

禿の頃、押し入れの戸ごしからだが雪野様の『接吻してくださいませ』と言う声が聞こえてたし、最終的には『幸せです』とか言って雪野様は満足そうだったからきっと違いない。

このことはなるべく忘れたい出来事の一つなのだが、こういうのに限って中々忘れられないもの。

「まぁ、そういうことかな。それでね、芸者も退《ひ》いて客と二人になった時、どれだけ相手の心を惹《ひ》かせられるのかが勝負になるんだけど」

「どう惹かせるのですか？」

いや、ちょっと待たんかい。

私芸者になるんだよね。

私その途中で座敷を退く芸者の位置にいる人だよね。

あれ？

「恋の駆け引きかな」

「駆け引きですか」

とか毎回思っている私だが、薄々おやじ様が何を考えているのかは勘づいている。今日まで惚《とぼ》けたフリをしていた私だが、本当は引込みになった時点で色々怪しいとは思っていたのだ。あまり受け入れたい事実ではないので『私は男芸者になる。私は男芸者になるんだよ』と自己暗示をかけていたが、こんな指導を受けることになると、とうとうそんな暗示も役に立たなくなってくる。

そろそろ現実を見なければいけないようだ。

だからおやじ様も、いつまでも本当のことを隠していないで素直に私に言って欲しい。言われたら言われたで、そりゃちょっと文句が出るかもしれないけれど。

だがこんなことを考えていても事態が変わるワケではない。取り敢えず今は兄ィさまの話に集中しよう。私の今後を助ける武器を身に付けなければ。

「例えば……初歩的な駆け引きだと、最初は相手がしなだれ掛かってきても怒らせない程度に避けて、なるべく優しく……少し距離を取るんだ。そして相手がその態度に痺れを切らして来た頃に、やっと甘くするとかかな」

「甘く？　ですか」

今の手管をまとめて言っちゃえば、ようは『ツンデレ』になれということだろうか。凄く蘭菊が得意そうな技だなぁ……天性の才能だものアレ。

「甘くだよ。野菊、私の隣に来てみて」

そう言われたので今いる清水兄ィさまの前から、指定された右隣のスペースへと畳に手をついて立て膝で移動する。これも此処での座敷の作法になる。近い場所への移動なら、わざわざ立つことはせずに、手と膝を使い畳を這うのだ。何か変な感じ。

「まずね、こうやって片手を相手の首の後ろに回して」

「あの……」

「少し肩を押して後ろへ倒すんだよ」

「に、兄ィさま」

ググ……と兄ィさまの手に肩を押されて後ろに倒される。

私はどうやら甘くする時の客の役をやらされているらしい。『甘く？』の私の言葉に何の解釈をしたのか、いきなりの体験指導にビックリするも既に遅し。

確かにこうすれば身に染みると思うがちょっと心臓に悪いぞこれ。誰か助けてくれ。

「客の空いた手はそっと握りしめて」

そう言うと私の右手にすかさず兄ィさまの左手の指が絡《から》みつく。

指導しながらも、それが普段お客に向けている瞳なのか目がスッと細くなっており、若干本気で相手をされているのか危うく黒い瞳の中にある渦《うず》に呑み込まれそうになる。

狙《ねら》った獲物《えもの》は逃がさないと言わんばかりの瞳で、狼の捕食対象にでもなった気分だ。

「耳元にそっと唇を寄せてね、声は低く囁くように」

「に、ふっあはっはは、くっくすぐったいです兄ィさま」

だが兄ィさまのサラサラな黒い髪が私の頬や肩に滑り落ちてくるせいか。それとも耳元で話されているからか、色々くすぐったい。思わず顔を兄ィさまがいない反対側にそらして身体を捻り笑ってしまった。

「ふふ、笑ってる君も可愛い」

「ははっ……はぁ」

兄ィさまも私につられたのか、笑い声が顔の横から聞こえて来た。それと同時に更に身体が近づいて来たので笑いの震動が直《じか》に伝わってくる。

兄ィさまに握られている手は妙に汗ばんでいて、一度離そうとするも細く長い指が私の指に絡んでおり、簡単には解《ほど》けない。そして解こうと指を動かすほど拘束が強くなっているのは果たして私の気のせいなのだろうか。

「清水兄ィさま、少し手を」

「叶《かな》うならば、君と千夜の夢に溺《おぼ》れてみたいよ」

此処でタラシが発動。

先程の教えの通り低く囁くようにそう耳元で言われる。

なるほど、これが限界まで相手を焦《じ》らした後に『甘く』するっていうことなのか。

「ねぇ野菊、私と意識の果ての極楽浄土を見たくはない？」

ご、極楽浄土って天国のことだよね。

すなわち天国に行きたいということだろうか。

「え、と」

私と無理心中をしようと……？

ということは……え、死にたい？　もしかして死にたいと思っているの兄ィさま！　この仕事に嫌気《いやけ》が差したとか、雪野様と一向に一緒になれないからいっそ死んでしまおうとかお考えなの⁉

まだ兄ィさまは二十二歳なんだよ、生きてれば良いことあるっておやじ様も言っていたし、早い、早すぎる。しかもこんな指導中にいきなりそんな台詞《せりふ》をブッ込んで来るほどなんだから、これはそうとう追い詰められているということなのだろうか。

これはいかん！

「兄ィさま、まだ早いです！　お気を確かに!!」

「まだってことは、いつかは良いの？」

「えーと……。よ、良いと言いますか、自然にその時が来たら極楽浄土を見ませんか」

ヨボヨボのおじいさんになるまで生きて、寿命が自然と尽きるその時まで生きて欲しいです。

ある客の黄昏《たそがれ》

今日は天月妓楼のあの人に会いに行く日。

これで三回目になるけれど、馴染みにしてくれるかしら。

不安だわ。

「松代《まつよ》様ですね」

「ええ」

「百合《ゆり》の間になります。どうぞ」

妓楼の中へ入り番頭へ声を掛ければ、直ぐに案内してくれる。もう三回目になるし、廓《くるわ》の規則上妓楼内で買える男は心に決めた一人だけ。私が誰を買いに、会いに来たのかは、続けて会いに来ていたら一発で分かるというもの。

大体、前回の時点で予約を入れているから、見世の者も把握してるんでしょうけど。

「では。中にいらっしゃいますので」

「ありがとう」

暫《しばら》く歩けば、百合の花が描かれた戸の部屋に到着。

そう、百合の間だ。

「昨日ぶりですわ」

「ふふ――そうですね」

戸から部屋へと入る私に、綺麗な笑顔で応《こた》え迎えてくれたのは、私が昼も夜も焦《こ》がれて会いたかった男《ひと》。

「そこへ座るといいですよ」

「嫌だわ。貴方《あなた》の隣が良いの。それに敬語も……なんだか淋《さび》しいわ」

「……ふ、あはは。貴女は可愛い人だな」

顔の横の髪を片手でかき上げる目の前のお人。

長い御髪《おぐし》は女の私から見ても美しくて、見惚《みと》れてしまう。

細い首は女性的で。指は細く長く、綺麗である。視線の合わない少し伏し目がちな瞳には、ふとした瞬間に見つめられると胸が一杯になる。

「今日は箏がいい？　それとも舞？」

「では……箏を」

この方の箏が大好き。

しなやかな指先で弾かれた弦から生み出される繊細な箏の音色は、雅かつ強さもある。百合の間いっぱいに響く、箏という楽器から奏でられる神の歌声はいつまでも聞いていられるほど。

この時がいつまでも続けば良いのに…。

「俺の芸だけで良かったのかな。新造の箏や舞も中々上手なんだよ？」

そんな願いも虚《むな》しく、箏を奏で時が経てば演奏は終わってしまう。

「折角《せっかく》ですもの。いっときでも多く二人でいたいのよ、私は」

箏を奏で終えた後、そう言われたので素直に気持ちを吐露《とろ》した。本当は、最初に禿や新造が三味線や箏、舞等で座敷を温めて、遊男とお客である私がお酒を飲んだりお喋りをするのだが、敢えて私はそこを省《はぶ》いてもらった。

そんなのがなくても、この方さえいてくれれば私は十分なのよ。

その私の言葉に愛《いと》しい人は優しく微笑《ほほえ》んでくれたけれど、次の瞬間には視線をずらして苦しそうな顔をする。

何故？

「ごめんね。前回も言ったけれど……俺は貴女と床入りすることはない。貴女のためだ、私にお金を掛けることはないよ」

「それでも！」

「？」

「また来ますわ。知ってるのよ、貴方、誰の誘いの願いにも乗ってはいないのでしょう？」

「……ええ、なので」

「なら、貴方に愛される一番最初の女になるのが、私の目標よ」

まだ彼が身体を許した、愛した女性はいない。

ならば彼が抱いてくれるのをひたすら待てば良い。

「貴女を抱いてあげることができないのが、とても苦しい」

「なら、」

「俺は、貴女が好きだよ。こんな可愛い女《ひと》に思われて幸せなくらいだ。だからせめて——」

ドサッ——。

言葉をそう切った後、私の右手にすかさず、隣にいた愛しい人の左手の指が絡みつく。そして首の後ろを手で支えられながら、押し倒された私。

近くにある瞳がスッと細くなり、その中の渦に呑み込まれそうになる。

至近距離で見つめ合う私達。

握られている手は妙に汗ばんでおり、恥ずかしいため、一度離そうとするも細く長い指が私の指に絡んでいて、簡単には解けない。そして解こうと指を動かすほど拘束が強くなっているのは、果たして私の願望なのであろうか。

——ちゅ、

「こうしても、良いでしょうか」

「！」

「大切な貴女に」

頬に感じた柔らかな感触。

耳元で話される言葉は誰の物？

これは夢？

床入りはしない、と言う彼から贈られた頬への口付けと囁きは私へ向けられた物なの？

夢じゃないの？

「あ、あの、これが夢ではないという証拠をくださいな」

「？」

「名前を……私の名前を呼んでください」

「じゃあ、貴女も俺の名前を呼んでください。まだ一度も呼ばれたことがないからね」

三日間通ってはいるが、名前を呼んだことは一度もなくて。それに気づいてか、この方も私の名前を敢えて呼んでいないようだった。

最初の日は緊張していたのか、呼ぼう呼ぼうと思っている内に時間が過ぎ、気がついた時にはなんだかもう気恥ずかしくて、この方の名を呼ぶに呼べなくなっていた。

折角この方がくれた機会。

今言わなくていつ言えば良いの。

「あ……」

「松代、ほら」

「の、」

「うん」

「野菊、様――――」

私の愛しい野菊様。

郭の男に誠《まこと》の言葉はあるのか。
そんな言葉が飛び交う吉原で。
私は想わずにはいられないのです。

十年目

《妓楼の一室。》
《私が呼ばれた部屋にいたのは……だった。》
『あんたなんか死んじゃえばいいのよ！』
『きゃあっ』
《罵声《ばせい》を浴びせられた。》
《そして首を掴まれ、格子窓に顔を押し付けられる。》
『誰かっ！』

《選択してください》
一・……に助けを呼ぶ。
二・……に助けを呼ぶ。

三・耐えて唇を噛み締める。

・・・・・・・

「ぅ……さんばーん」

「起きろ」

「う――――」

「おい」

「ん～、やっぱ」

「野菊！」

「うぁ!?」

大声で自分の名前を呼ばれ、眠りから目を覚ます。

弾かれたように飛び起きれば、青い髪の青年が目の前に。……あ、秋水か。寝起きからサラッサラの綺麗な髪を見せつけてくれてありがとう。

しかしまだ成長するのかおたくは。骨張った手や腕は、もう青年というか成年というか。

「んー……こんちくしょー」

「寝ぼけてんな」

今年で十八歳になった秋水。

深いブルーの瞳は、元服した時よりいっそう精鋭。その瞳が時折笑うように垂れる瞬間が客いわく『たまらない！』んだそう。

髪型は全然変わらなくて、秋水は肩下以上伸ばす気はないようだ。小さい頃から一番変わってないのかもしれない。あ、髪型に関してはね。

身長は伸びているし肩幅もだいぶ広い。

ちなみに色気度で言えば、清水兄ィさまや羅紋兄ィさまが色気駄々《だだ》漏《も》れなら、秋水は隠れエロス。という感じだろうか。具体的に？　と言われても説明があまり得意ではないため、ご想像におまかせします。

それにしても格子から入る太陽の光が私の顔に直撃して鬱陶《うっとう》しい。

――――太陽の光が直撃………？


「あ！」

「外行く約束してんのに起きてこねーと思ったらコレだかんなお前は。もう昼飯だぞ。それに今日はお前が梅木に稽古つけるんだろ」

「……頭がクラクラする。てか寒っ！」

「二日酔いだな」

両手をクロスして腕を必死に擦る。摩擦パァワァ～。

しかし、太陽が輝いていているというのにこの寒さ。

この世界の江戸時代の冬の寒さは侮《あなど》れない。

普段寝相が悪く、寝ているうちにあちこちへと散歩する私の身体だが、寒いためか布団の中からはみ出すことはなく見事に収まっていたらしい。色んな意味で正直な身体だ。

これだけ寒いと流石のチャッピーも冬眠するだろ。

「ゲーコ、クヮッ」

「……」

と思うだろうが、奴はそんじょそこらの蛙じゃない。

私の布団の隣にある座蒲団の上。そこには厚手の小さな毛布がある。その中には木炭を入れ周りを手拭いで包んだ懐炉が。

そしてその近くには緑色の小さな生命体。いや、地球外生命体が鎮座している。

「ゲーゲーゲーコ」

「あー、ちょっと静かにしてチャッピー。頭にキーンてくるから。キーンて」

相変わらず元気ですよコイツは。

「うぅー」

「大丈夫か？」

十五歳になった私は、おやじ様の策略通り無事？　に花魁となっていた。まぁ、私が生物学上女だという時点で色々無事ではないけれど。私からの説明追求を散々かわし続けてきた、その頑固さと意地汚なさ。さすが妓楼の楼主をやっているだけのことはあると思う。本当に図太い。

私の元服《げんぷく》は、皆と同じように花魁道中を行った。やれ着物やら隣は誰が歩くやらとゴタゴタしていたが、無事に道中を終えました。

それに閨の部分は花田様の協力もあり、何故か閨を誰とも共にしていないのに、私は知らない女の人と閨を共にしたということになっていた。どういうことだ。

「変な奴だ。客の前で酒飲んでもシレッとしてるくせに、客がいなくなった途端酔うとか」

「地味～に気を張ってるんだよ」

野菊はもう一度腕を擦った。

・・・・・・・・

『天月妓楼の野菊花魁は、けして色を売らない』

という噂《うわさ》を聞き付けた様々な客が、野菊の元へやって来る。どうにかして『彼』に色を売らせようと半ば挑戦的に訪れるのだ。

けれど断り続ければ諦め、飽きるもの。

こんなこと続けていたら私、客付かなくね？　と野菊が思っていたのもつかの間。

彼女が禿の頃から今まで、必死に磨きあげてきた技、教養。そのどれもが一流で秀《ひい》でていた。五歳という幼い歳から花魁として学ばされていた野菊の技は、他の誰よりも美しく、賢く、また艶やかで。客の心を魅了していった。

器量も男の中では美しく、中性的で、今現在数ある花魁の中では一番女性か男性かの区別がつか

ない者だとして有名になりつつある。だがそれでも男、だという事実が吉原には流れているため、
そんなにも美しい男に愛を囁かれてみたい。という客が多々いたのだった。

色を売らない。……いや、売れない野菊は技と手管で客を惹き付けるしかない。それを考えれば、この結果は楼主の龍沂《りゅうぎ》からしてみたらできて当たり前のことなのかもしれない。

また、色を売らない＝誰のものにもなっていない。という客の解釈により、野菊が繰り出す愛の囁きだけで『私だけなのね……』という勘違いを普通の遊男や花魁に比べて受けやすくなっている。

少ないとはいえ、過去に一生床入りをしなかった花魁はいる。

そして野菊のこの状態を目《ま》の当たりにした龍沂は、

『飲み食いの接待だけの座敷とか、できねーもんかねぇ』

色を売らずに稼ぐことができるなら皆にそうさせたい。

だが、そうすれば料金を下げなければならない。床入りができなくても、料金は下がるため客は変わらず入って来るだろうが、いかんせん料金が低くなったら年季明け後も借金が残ってしまう。

それに今の野菊の状態は、本人の力も勿論あるだろうが、皆が色を売っているからこそ。というのもある。異色の存在だからこそなのだ。

だがしかし。そこをどうにかして吉原の根本的なことから変えていけないのか？　というのが、最近もっぱら龍沂の頭の中を巡る悩みなのであった。

・・・・・・・・

「風呂はちゃんと入ったんだろうな」

「皆の後にちゃーんと入りましたよ〜だ」

十五歳の現在。私は今まで皆と一緒にお風呂に入っていたのだけれど、一年前くらいから別に入るようになっていた。

座敷が早く終わったとしても一番最後。

なにがなんでも一番最後。残り湯を使うのだ。

別に身体が洗えればそれで良いから不満はないけれど、寝る時間が少し皆より遅くなるのでちょっとしんどい。

「今日はもう時間がないから行けないな」

「ごめん。えー……じゃ、じゃあ肩たたきを今しますので、それでお許しください！」

「あと背中もな」

「了解であります！」

約束を果たす事ができなかったので、罪滅ぼしにマッサージをかって出る。

腕が鳴るぜ。

「そういえば松代様、昨日も来てたのか？」

「んー？　……うん」

「今日は早瀬《はやせ》様だろ。床入りしないのに、よくやってるよお前」

畳に寝そべり、私に背中のツボをふみふみと押されながら話し出す秋水は、私本人よりもその日に来る客のことを把握している。今日の客は誰なのかをおやじ様に聞きに行こうとしていたのに、手間が省けた。

こやつ、きっと日本の高校生だったら生徒会長とかやってそうだ。

「なんだかさぁ。私女の人が好きなのかな？」

「勘違いだ。目を覚ませ」

「えー」

お客の人達はとても可愛い。

声を掛ければ赤くなってワタワタするし、笑えば思い切り笑い返してくれる。それにこんな私と一緒に過ごしたいと思ってくれていて、なんだか嬉しくなる。

と同時に申し訳なくなってくるのは仕方がないこと。

自分が客からどう見えているのかはあまりよく分からないが、好いてくれているし、少なくとも態度からしてみて抱き合う以上のことを求めていることは明らかである。

だけどそんなことは絶対にできない私。

できない代わりに、私ができる精一杯のおもてなしで満足して貰うしかないのだ。

昨日松代様にも言ったけど、誰かと床入りすることはこれからもない。そんな私を買い続けても気持ちに応えることはできないから、どの客にも毎回必ず言っている。

『駄目』なのだと。

芸で満足させることはできるとは思うけど、そういう意味では満足させることはできないと。

だけど皆は口を揃えて『それでも』と言う。私が言えたことじゃないのは百も承知なんだけど、健気《けなげ》過ぎて泣けてくる。いや、もうマジでごめんなさい。本当にごめんなさい。

だからそんな彼女達にせめてもの思いで私も全力で応えているのだけど、少しの罪悪感が今の遊男として、花魁としての私を作っているっていうのは過言ではない。

そのかわり、口から出た言葉に偽《いつわ》りはないし。……や、ちょっと嘘ついた。

ちょっとオーバーに言うときもあります。すみません。

けれど客である女性は皆可愛いと思うし大切だとも思う。男として閨を共にすることができないというのが本当に申し訳ない。

「そういや、凪風が新しい懐炉お前にやるって言ってたぞ」

「今月入って十個目だよ。どんだけくれるのさ」

「ちゃっぴぃのためにでもあるんだろうな」

「なんか妙に仲良くて妬《や》けるよ」

それでも花魁として、あと五年。

皆と頑張っていきたいと思います。

あれ、そういえば、何か夢を見てたような気がするんだけど。

なんだった？

◆◇◆　◆◇◆

「きゃっ」

「あ！　いや、ごめんな」

ガタッ。

「わ！　ご、ごごごめん!!　お邪魔しましたぁ！」

「……っおい野菊！」

布団部屋の戸を勢いよく閉める。

落ち着いて私、落ち着くのよ私。息を吸ってー吐いてー、吸ってー吐いてー。

「さーて。梅木は用意できてるかな～」

記憶をシャットアウト。はい、だから何も見てませーん。

梅木との約束もあるし、さっさと部屋に戻ろうっと。

「……」

とか思いながらも、今さっき見た光景を頭の中で思い出しながら、自分の部屋に戻るために廊下を一人歩く。

「うーん、間が悪かった。でもこの前も似たような」

私、実は最近。

「ラブシーン……？」

最近、妙に人のらぁぶシーンに遭遇するのです。

繰り返そう。らぁぶシーンです。

はい、リピートアフターミー？

ラブシーン。

「しかし次はあの組み合せかー」

今のがいい例だ。布団部屋に敷き布団の交換をしようとやって来た私だけれど。戸を開けた瞬間にまみえたのは目当ての布団ではなく、布団の上に重なるようにして倒れる愛理ちゃんと蘭菊。愛理ちゃんを押し倒していた蘭菊は今や私よりも背がデカい。だから端《はた》から見たら彼女を襲っているようにしか見えなくて。

どういうこっちゃ。

でも愛理ちゃんの顔に恐怖の色はなかったし、どちらかと言えば照れた顔をしていたような気がする。そりゃ滅茶苦茶嫌がっていたら小僧をぶっ飛ばしてたけど、明らかにそんなんじゃなかったから。逃げました。ぶっちゃけ親しい人のそういうシーンて気まずいじゃん。私なんか昔、清水兄ィさまの閨を二度も戸襖ごしで見て……いや、聞いちゃったことがあるんだけどさ。

あ、清水兄ィさまといえば。

そうそう。この前は清水兄ィさまと愛理ちゃん。私が汚れたモコちゃんを裏で洗っていたら、

『あの！　ありがとうございます』

『いや、気にしなくても良いよ。それよりどうしてこんな所に？』

『ええと……、きゃっ』

『危ない！』

ダダン！

『な、何？　今の』

背にしている部屋の中から、何か物音がしたので気になり戸を開けて入ってみた。

すると視界に入って来たのは愛理ちゃんを抱き締める清水兄ィさまの姿。

愛理ちゃんもまた清水兄ィさまの背中に手を回していて、端から見たらそりゃもう……。

戸を開けた私に気づいた兄ィさまが私を見てニコリと笑う。あら、機嫌が大変よろしいではないか。

『どうしたの？』

『兄ィさま……もうちょっと静かにやりましょう』

『え、』

『で、では、お邪魔しました！』

『え？　……あ。野菊！』

てか凪風ピンチじゃん。奴は愛理ちゃんに恋してるのに、これじゃお馬鹿な蘭ちゃんや百戦錬磨の兄ィさま達に取られちゃうよ。

この三年奴に動きは全くなく、何も憂《うれ》いはありませんよ？　みたいな感じでフッツーに過ごしている。

まぁ、遊男だし？　しかも花魁だし？　恋しても一般的には報《むく》われない職業だけれども。やはりこんな中じゃ恋なんて積極的にできないのかもな。

だが何故だ。

何故私だけ愛理ちゃんとのラブイベント的なものがないのだ。不公平だぞ。

いやね、別に話したりはしてるけどね。

『ノギちゃんはどうしてもその道を極めるの？』

『極めるっていうか……。極めなきゃいけないというか。まぁ、女の子好きだし。愛理ちゃんとか大好きだし』

『ええっ⁉』

『ええ⁉』

『ふっ、あははは。ノギちゃんならお嫁さんに来てもいいわ』

『逆じゃない？』

でもこの会話は約三ヶ月前。

そしてその三ヶ月前を境に、愛理ちゃんはなんと――記憶喪失《そうしつ》になった。

ある日、洗い終えた大量の手拭いを持ちながら歩いていたのが悪かったのか、階段を登っている途中、かなり高い場所で段を踏み外し落ちた愛理ちゃん。↑（床や階段に散らばっていた大量の手拭いを見たおやじ様の推理）

ドダダダッ、という大きな音に皆が駆けつけた。私もその時駆けつけた一人、と言うか第一発見者で階段から自分の部屋はそう離れてはいないので直ぐに行けたのだ。一番最初に愛理ちゃんを見つけた私は、足から血を流している愛理ちゃんを抱き起こし、意識があるのかを頬をパチパチと叩いて確かめた。

不安で、心配でちょっと泣きそうになってしまったのは秘密だ。

『愛理ちゃん！　愛理ちゃーん！』

『野菊！　今のは……』

『な、なぎがぜぇぇ、でぬぐい持ってぎでぇぇ！』

いや、結果泣きました。

私の後には凪風が駆けつけてくれたので、足の血を拭く手拭いを頼む。

凪風の後からも妓楼の皆が来てくれたので、怪我《けが》をして意識のない愛理ちゃんを部屋まで兄ィさまと運び、布団を敷いてその上に休ませた。とりあえず息はしていたため良かったが、彼女は中々目を覚ましてくれなかった。それに愛理ちゃんは女の子。妓楼に女がいることが外にバレたらまずいから、医者も呼べなかった。


そして翌日。

やっと目を覚ました彼女が起きた時にはすでにもう記憶喪失となっていて、

『え、誰？』

あなた何者？　みたいな顔を愛理ちゃんにされてしまった。その一瞬でハートが砕け散ったのは、後にも先にもこのときだけな気がする。

『の、野菊です。愛理ちゃん？』

『野菊⁉』

それになぜか私の名前を聞いてビックリしていた。謎《なぞ》だ。

『怪我は大丈夫？』

それでも砕け散ったハートにもめげずに、私は愛理ちゃんに話しかけた。

『……』

けれど警戒されてしまっているのか、私の言葉に愛理ちゃんが返答してくれることはなかった。他の皆の声にならたどたどしいものの返事をしているのに、私と話してくれることはなかった。凄く落ち込んだ。自分自身もある意味で記憶喪失のままなのだけど、実際に友達とか身近な人がなるとこんなにも悲しい気持ちになるなんて。私も自分がまだ思い出せていないだけで、大切な人とかいたのかな。

おやじ様は落ち込む私を見て背中を擦《さす》ってくれた。

『いつかまた思い出してくれるさ。待つのが一番だ。それにまた一から関係を築くのも骨がいるが、友人として傍にいてやりな』

その言葉のおかげで、なんとか少しは立ち直ったけど。……ほんのちょっとだけね。

それからは、記憶がなくなってしまった愛理ちゃんのために皆であれこれ教えたり、一から皆自己紹介をしていった。

覚えにムラがあるようで、花魁の皆の名前は一発で覚えたみたいなのだが、他の遊男の名前や、一緒に裏の仕事をする人達の名前は未だ少しあやふやなよう。

しょうがない。だってインパクトあるもんね花魁の皆。

そんな愛理ちゃんを気にかけている皆や私だが、私だけ何故か圧倒的に接触するのが少ない。

しかも数少ない遭遇をするときにきまって、なんだか花魁の誰かといい感じのシーンにあたってしまう。

このままじゃいけない。と、頑張って会いに行ったこともあるけれど、

『愛理ちゃん、野菊だけど』

『……………』

部屋の中にいる気配はするのに、返事がない。とても淋しい気持ちになった。

以前だったら『なーに？　ノギちゃん』と鈴の鳴るような声で、笑顔でこの戸を開けてくれたのに。

淋しすぎる。

「はぁ……」

ああ、嫌なことを思い出してしまった。

落ち込んでいても事態が変わるワケではないと分かっている。でも改めて思い返すと、悲しいものだ。

あー。やめやめ。

気分変えて早く梅木の所へ行かなきゃ。


外出の際に気を付けなければならないのは見世の花手形を忘れずに持つことと、派手な長着（着流し）は着ないこと。そして大門には近づかないこと。大門に近づくと、おっかない屈強な門番に睨まれるのだ。門番の存在自体は昔から知っていたけど、あんなにムキムキのあんちゃんを雇いだしたのは二年前からだと思う。それまでは普通の人だった気がするのに、警備の強化？　でもしたのかな。しかし女ならいざ知らず、男が近寄ると途端に腰の刀に手をかけだす始末。脅しだと分かっていても、心臓にクるものがある。マジで止めていただきたい。

吉原の町には色んなお店がある。花街だからと言って、妓楼ばかりがあるワケではない。妓楼を出て辺りを見渡せば、大門へと繋《つな》がる一直線の道なりのサイドに妓楼と妓楼に挟まれた店が何軒もある。お菓子屋はあるし本屋もあるし、甘味処や茶屋もある。着物屋は一軒しかないが、軽い浴衣《ゆかた》や単衣が欲しい時にはうってつけの店だ。

ちなみに私の好きなあの老舗《しにせ》の美味《うま》い焼きまんじゅうは、吉原にはない。あれはおやじ様が吉原の外で買ってきてくれているため、ゲットは非常に難しい。難しいと言うか最早《もはや》不可能。老舗じゃなくても良いから、せめて焼きまんじゅうを買い食いしたかった。

「野菊兄ィさん、これはどうでしょう」

「梅木は？」

「簪や結紐《ゆいひも》ですかね」

「あーなるほど。髪長いからねー」

只今梅木とお出かけ中。

梅木は大きくなった。

外国人のようなウェーブがかかった金の髪に碧《みどり》の瞳、目鼻立ちはハッキリとしていて非常に綺麗なお姿。小さい頃は天使のような可愛さで、背中にピヨピヨと羽根が生えてそうだった。なのに今は私の背を越えようとしている。否《いな》、許すまじ。

しかも今現在、天月妓楼ではただ一人の引込新造である。

「はぁ～。寒いね」

「息が真っ白ですもんね」

息を吐くと、出たのは直ぐに消えちゃう白い雲。

冬の空は灰色。もうすぐ雪でも降るのだろうか。

鳥が鳴く声を暫く聞いていない。皆暖かい所へ避難しているのだろう。

冷たい風が頬を掠めると、全身の毛穴がキュッと引き締まる感じがした。

首に巻いた赤の襟巻きを口元に持っていきながら、もう一度息を吐く。ちょっと口回りが暖かい。

隣の梅木も私の真似《まね》をする。梅木の襟巻きは紅梅色で、私の赤より少し薄い感じ。

この襟巻きはおやじ様が皆に支給してくれたもの。一人二枚ずつストックがある。

今更だけど、この世界の妓楼はいたれりつくせりだとチョビッとだけ思う。私のいた世界の江戸時代の遊女がいた妓楼はもっと過酷《かこく》なイメージがあった。

というか、ここ十年でだいぶ緩和されている吉原内。

「あ！」

「どうしたの？」

「あそこに宇治野兄ィさんがいますよ！」

そんな緩～い町で見つけたのは天月の母、宇治野花魁。兄ィさまも何かを見に外へ出ていたのだろうか。

楽しそうに兄ィさまを指差し発見した梅木は、思いきり手を振りだす。

「宇治野兄ィさーん！」

大きな声で呼ばれたのに気づいた兄ィさまは、キョロキョロと辺りを見渡すと私達に視線を留めて手を振り返してくれる。

そしてこちらに歩いて来るのが見えた。


「偶然ですね。二人でお出掛けですか？」

「宇治野兄ィさまは、珍しいですね」

「あぁ、花を買いに来ていました」

花を買いに来ていたと言うわりに、その手には何もなく、手ぶらである。これから買うのだろうか？　いや、でも過去形で言っているし。

「毎年この時期に友人へ白い花を贈っているんです。毎年と言いましても、吉原内を出歩けるようになってからですが」

「そうなんですか」

「ここには季節ごとに花売りが来るので助かりますよ」

遊男には月一でお給料日なるものがある。だいたい月の初め頃に出るんだけど、お給料というか、お小遣いに近い。てかもうお小遣いと呼ぼう。

遊男のお小遣いは自分の稼《かせ》ぎの内の、約0・01%。つまりは一万分の一。

普通の遊男は月に約七百五十万稼いでいるが約0・01%だから、計算すると七百五十円になる。花魁も変わらず0・01%で、月の稼ぎが八千万くらいだとすると小遣いは八千円になる。

0・01%とはいえ、好きにできるお金があることは遊男にとって幸せなことである。我慢して一年くらい貯めれば普通で九千円貯まるんだ。テンション上がるね。吉原内を出歩けるとなっても、皆あまりお金を使わないでウィンドウショッピングをしているので、貯まる一方なのである。

でもお給料が多くて、お小遣いが少ないのはもどかしい。遊男だからお給料のほとんどは借金の返済に充《あ》てられる。もちろんそれは仕方のないことだとは分かっているけれど、お給料は自分のお金なんだから全額貰えたらいいのに、なんて現代感覚の甘ちゃんが出てきてしまう。

それにこれは高級妓楼だからできること。おやじ様が、皆が年季明けでここを出ても少しは生活の足しになるようにと出してくれているのだ。

「良いのありました？」

「花売りさんに聞いたら明後日《あさって》に水仙を売りに来るそうなので、明後日にしようかと」

「あ、白い花って言ってましたもんね」

たまに買っても宇治野兄ィさまみたいに花だけだったりする。

お金の有り難《あがた》みを、ある意味誰よりも知っている遊男達だからこそなのかもしれない。

かく言う私も何かあるかな～と町に繰り出して来たが、特に何かを買うつもりなんてない。

ただこうやって誰かと一緒に、あれでもないこれでもないと、話しながらお買い物モドキをしたいだけなのである。まだ小遣いを貰っていない梅木もたぶんそう。

「はい。ですから俺はもう妓楼に帰ります。野菊達はどうします？」

「うーん。思いの外、寒いのでもう戻ったほうが良いかもと」

「ですよね。野菊兄ィさん、さっきから腕擦って寒そうですし」

「では一緒に天月へ戻りましょうか」

その誘いに返事をして、三人並んで天月への帰路につく。

うん、今日の外出も楽しかった。

果てのない夢の続き

『あんたが悪いんじゃない！』

『な、なんで…』

『あんたが…あんたがいなければ、皆とずっと一緒だったのに‼』

狂ったように私の身体を両手で揺すってくる彼女は、なおも続ける。

『止めてっ』

『なんで皆の心、持ってっちゃうのよ！　私が、私が一番一緒にいたのに‼』

『そんなの』

『あぁ、そんなの私が悪いんでしょう？　あんたには私の気持ち…分かんないでしょうね』

沈んだ声で静かに呟《つぶや》く。

『私、もうすぐ女の遊郭に売られちゃうのよ。あんたに、散々意地悪したものね。私は此処に置いとけないいんだって。あんたにいつ危害を加えるか分からないから。此処にいた分のお金は払わなきゃいけないから、罰としても、売るのが一番良かったんでしょ』

『でもこんな私ちゃんと売れるのかな。仕置きで髪も切られてぐちゃぐちゃで身体にも傷があるのに』

『とにかく、もうあんたと会うことはないから。皆ともね』

そう言い終わると後ろを振り返り歩き出す。

彼女が歩いた後の畳に、丸い小さなシミが点々とある。これは何？

問わなくても分かるその跡に、……の良心が少しだけ痛んだ。

・・・・・・・・

月が輝く宵《よい》。

雲は輝きを邪魔することなく流れていく。

妓楼の遊男達は寝静まり、丑三《うしみ》つ時《どき》の肌寒い中。

「……今の」

ふと目が覚めてしまい、布団からゆっくりと起き上がる。

私、今しがたもの凄くリアルな夢を見ていた感じがする。いつもは夢を見たと分かっていても、内容までは覚えていなかったが、今回は違う。

本当に最初から最後まではっきりと覚えている。

気味が悪いな。

「何だろう」

女の人が長々とベラベラ喋っていた。

女の遊郭？　って遊女《ゆうじょ》がいる所だよね。遊男じゃなくて。
売られるって……売られる、だよね。
人の顔は見えなかった。
女の人と言うことは分かったけれど。
変な夢。
……まぁいいか。
まだ起きるには早すぎるから、もう一度寝ようっと。

始まっていた物語

あなたが今までに一番した悪いことは？　ともし誰かに聞かれたら、私はおやじ様の大事な髪の毛を一本抜いたことがあること、と答える。他にもちょいちょい悪戯《いたずら》をした覚えがあるけれど、今のところ一番と言えばそのくらい。言ってしまえば、そんなに悪いことをした覚えは思い返してみる限り特にない。

至極真面目に生きていると思うし、お仕事だって手を抜いたことは一度もない。ご飯を残したこともないし、物を粗末にしたこともない。私を生かしてくれている生きとし生けるもの全てに感謝して生きていると言っても過言じゃない……なんていうのは言い過ぎだけれど。でも私を拾ってくれたおやじ様や面倒を見てくれた兄ィさま達、一緒に頑張ってきた同期の皆には感謝をしている。下働きの人達だってそうだ。同じくらい尊敬だってしている。

悪いことは考えてないし、していない。

だから私は今、なんでこんな罰《ばつ》を受けているのかが全くもって分からない。

「嘘ぉー⁉」

秋水達を前にして渾身《こんしん》の雄叫《おたけ》びを上げたあと、私は頭から後ろへと床を目がけて倒れた。

色んな困難を乗り越え、やっと今年で十六歳を迎えたはずの私ですが。

元旦のお誕生日祝いとしては酷すぎる記憶を思い出しました。

「野菊⁉」

「おいっどうした！」

「いや……なんか『嘘ー！』とかいきなり叫んだとおもったら、倒れた」

「とりあえず運ぶぞ」

「野菊ー‼」

◆◇◆　◆◇◆

頭が痛い。

景色が暗い。

「ゲコゲコ」

「あれ」

「ミャー」

頭痛と動物？　達の鳴き声で目が覚める。

ここは動物園か何かなのだろうか。というのは冗談で。

気がつけば私は布団の上にいた。

思い起こせば、この世界で初めて目が覚めた時もこんな感じだったような気がする。あの時との違いを挙げるとすれば、目覚めたのは川原ではなく温かい布団の上だということと、この世界を知っていて尚且《なおか》つ私は家なき子ではないということだ。

右横を見ればチャッピーと護が心配そうに私を見ているし。（たぶん）

そういえばコレ、誰かが寝かせてくれたのかな。

叫んだ後の記憶がないから、なるほど…気絶したのか私。と今更なことを考える。

「はぁ……」

格子の外はもう暗くて星が見えている。

ついでに部屋の中も暗い。寒い。

私は布団からは起き上がらず、天井を仰《あお》ぎ見ながら気絶した原因である事柄を思い出して溜め息をつく。

それは『夢見る男遊郭～一夜を共に～』という乙女ゲーム。

登場人物は主人公である愛理と、攻略対象である花魁の八人である。

愛理の正体はある城主の子で、ワケあって城から抜け出してきたお姫様という設定。まぁワケとは言っても大したワケではない。三十も年上のオッサンと結婚させられそうになり、それが嫌で世間知らずなお姫様は城を飛び出したという、ありきたりな設定だ。

そして逃げだした先で拾われたのが天月妓楼となる。花魁の皆との恋がそこで始まるのだ。

花魁の皆にはそれぞれ心の傷がある。

それを主人公が徐々に癒《いや》し、ハッピーエンドまでうまくこぎつけられるかどうかの恋の駆け引きゲーム。ちなみに、ハッピーエンドの条件は『キス』。

遊男の誠の愛の証であるキスをされれば見事クリア。妓楼から出られる展開にも漕《こ》ぎ着《つ》け、最終的には吉原の外で仲良く夫婦だ。

花魁には、それぞれ出生の秘密がある。

ほぼ共通するのは男の浮気でできた不義の子であるということ。

この世界では、女の浮気は仕方がない……むしろ浮気をしてなんぼ、と思われているため、子供ができてしまったりしても認知？　をされるが、男が浮気をして子供を作ってしまった場合は違う。

世間一般的に、体裁が物凄く悪い。半端《はんぱ》なく悪い。

だから男の浮気で産まれてきた子供は、浮気相手の女がひっそりと養う。

相手によっては、子供を殺せと言う人もいるから物騒だ。


そしてこの天月の花魁のほとんどは何かしらの地位を持った家の生まれで。

これがまた凄い。まるで謀《はか》られたように父親が高い身分の者が集まっているのだ。

まず清水は征夷大将軍《せいいたいしょうぐん》の御子《みこ》。

つまり上様《うえさま》だ。上様。

宇治野、彼は有名な歌舞伎一座の頭《かしら》の子供。

羅紋は江戸屋敷の大名の子。

秋水は征夷大将軍の御子。

清水とは実は腹違いの兄弟である。

蘭菊は旗本《はたもと》の家の子。

凪風は普通の家の生まれ。

「はぁ……」

本日二回目の深い溜め息をつく。

全く何で気づかなかったんだろう。

心の中で何回か引っ掛かったことはあれど、別段気にしない精神を貫いていたせいなのか。

愛理ちゃんの姿を見てもいないのに頭の中で思い浮かべられたりと、無意識の内に思い出していたのに全スルーしていた私。こんな十六歳になるまでのほほんと過ごしていた自分がマジ恥ずかしい。

別に誰に見られていたワケでもないけど地味に恥ずかしい。

そう言えば、これは何て言うのだろう。

転生？　転生したってことなのか？

そもそも転生って何。どういう意味だっけ。（※死後に別の存在として生まれ変わることを言います）

ゲームの世界にとかあり得るものなんですか？

ファンタジーだよファンタジー。

とにかく変な気分だ。

というか清水兄ィさまと秋水が兄弟……。

思い返せば兄弟っぽい要素はあったような気もしなくもない。母が違うから異母兄弟と言うべきか。でも似てる所はちょいちょいあったかもしれない。

いや分かんないけど。

ゲームだと気づいたことで皆の人生の裏を知ってしまった今、これまでと同じように接することができるだろうか。

しかも私は嫌な役の野菊。

皆が心惹かれていく愛理に、可愛く言えば意地悪という立派な犯罪に手を染めていく少々気性《きしょう》が荒い女の子だ。

しかし野菊は本当なら五歳ではなく、設定では十歳で妓楼に拾われて裏方として働いているはずで。

しかも愛理ちゃんも本当なら十八歳で妓楼へと来るはずなのに。ゲームの内容と少々のズレが生じている。それにゲーム通りの展開なんて体験した記憶はな……い？

「ないことは、ないかも」

あれ、そういえば蘭菊が愛理ちゃんと一緒に倒れていたあの布団部屋。

あれは蘭菊ルートへ入っている時にある一場面だった気がする。

あの場面は、布団に倒れる二人を偶然見てしまった野菊が、愛理へ嫉妬《しっと》をぶつけて言い合いになるっていう内容の場面なんだけど。

……私は言い合いをしてはいない。

うん、してはいない。

そう、してない。が。

「うーん」

それに、清水兄ィさまと愛理ちゃんが抱き合っていたあの物置小屋。

あれは清水ルートへ入っている時にある場面。

偶然物音に気づいた野菊が戸をコッソリと開けてしまい、抱き合う二人を見て愛理への憎悪《ぞうお》を増幅させてしまったという場面にゲームではなっている。

……しかし私は嫉妬をしていない。

だって、していない。

はっきり言ってしてない。が。

私、知らない間にゲーム通りの行動をしている？　とかではないけれどゲームの話に沿っちゃってるんじゃなかろうか。

あと愛理ちゃんが階段から落ちたときのあの光景。状況は違うけど、野菊が階段から愛理を突き落とすシーンがゲームにはあった。だけど実際に私は突き落としていないし、なにより一番最初に愛理ちゃんの所へ駆けつけた第一発見者だもん。内容通りの悪役になんてなれっこない。

そう、第一発見者だから。

だから……。

「……」

「ゲコ（大丈夫か）」

「ニャー（大丈夫？）」

ま、待って護とチャッピー。待った待った。これ、私って滅茶苦茶危なくね？

おやじ様の推理がなかったら、私百パーセントではないけれど疑われててもおかしくなかったよね。あの状況。

「あ、ありえない」

その有り得なくはなかった事態に私の心臓は今バクバクとすごい速さで打っている。目眩《めまい》も心なしか起きている気がする。

しかし、ハタとここでまた気づいたことが一つ。

花魁は確か……そう、八人だったはず。二人足りない。渚左《なぎさ》と浅護《あさご》。この二人が妓楼にいない。

この世界があのゲームの世界なら絶対にいるはずなのに、私がここへ来て十年経《た》っている今になっても、影一つ見たことがない。

「ニャン」

「ゲーコ」

考えることが多い。

それにゲームの内容やそのゲームをプレイしていたということは思い出したけど、相変わらず自分がどんな人間だったかは思い出せていないし。

謎である。

「はぁ…………」

本日三回目の深い溜め息をつく野菊であった。


「野菊、もう大丈夫なのか？」

「な、なんとか」

別段どこが悪いワケでもないので、私は皆が宴会騒ぎをしている胡蝶蘭《こちょうらん》の間まで来てみた。

一度ゆっくりと心の整理をしたいところだったが、ずっと布団で寝ていても疲れる。でもだからと言って一人部屋の中で起きて考えに浸っていても疲れる。そして皆の顔を見てもゲームのことを考えてしまう、かもしれない。

けれど確かめたかった。これが本当にあのゲームの世界なのかを。今、私がいるこの世界は人に会って話せて相手に触れられる、全部が本物だから。これが今の、私の現実《ほんとう》なのだと感じたかった。

そんなことを思いつつ顔をひょっこりと見せた私に、戸の近くにいた朱禾兄《あかのぎ》ィさまが声をかけてくれる。

「あいつら出来上がってるから、俺と染時《そめじ》の間に座っときな」

「じゃあお酒注ぎますね！　染時兄ィさまどうぞどうぞ」

「おぉ悪い。いつも花魁連中に取られてるからなぁ〜。元旦の休みに感謝様様だ」

「あはは」

皆を見てみれば、あぁ……酒に呑まれている。

日頃『酒は飲んでも呑まれるな』をモットーにしている遊男達だけど、この日はそんなことは気にせず飲みに飲んでいたらしい。元旦でお休みだし、パーッとしたい気分は私にも分かる。

皆鬱憤《うっぷん》やストレスが溜まっていたのかな。

阿倉兄ィさまが浴びるように酒を飲んでいるのが見える。

「俺ァ、俺ァー酒乱の王になぁーる」

「よっ酒乱の王」

「酒乱の王ー！」

ワッショイ！

ワッショイ！

「酒乱の王ってなんだ……ただの飲んだくれか」

「さ、さぁ」

「呑まれて妄言《もうげん》吐いてるだけだろありゃ」

あそこだけ空間が違っている。

それを遠い目で見ている私達三人はさながら傍観者。

「お、やっと起きたな野菊」

「羅紋兄ィさま」

そうして三人でまったりしていると、半酔いらしい羅紋兄ィさまが現れた。

休みの今日は派手な着物ではない遊男が多い中、兄ィさまは緑の布地に金の蝶《ちょう》の模様と朱の牡《ぼ》丹《たん》の花が描かれた派っ手な長着を着ている。

まぁ似合ってるけども。

「皆なぁ心配して一人一人お前のこと見てたんだぞ」

「えっそうなんですか⁉」

起きた時に誰もいなかったから全然気づかなかった。

そんな口を開けて固まる私を見て羅紋兄ィさまはしてやったり顔をする。

「もうちょぃいしたら清水が見る番だったんだけどな。はっはっは！　ざまぁみろ」

腰に手をあて馬鹿笑いをしている大人げない大人を見る。

天月妓楼、深緑の美丈夫《びじょうぶ》・羅紋花魁。

羅紋兄ィさまの設定は、江戸屋敷の大名と浮気相手との間に産まれた子供。

普通なら浮気とはいえ大名の子なので、大事に育てられるが、浮気をしたのが男の方ということで大名の子として育てられず。相手の女が育てることに。

だが男遊びをする女に羅紋というコブは邪魔だった。ろくに子供の世話をせず虐待紛《まが》いの扱いをした挙《あ》げ句《く》、息子を男遊びの金と引き替えに遊郭へ売った羅紋の母。

実の母から受けた傷や行いは精神的に深い。

思うのだが……当主とは血が繋がっていないのに、大名である男の方が浮気してできた子供は認知せず、妻の浮気でできた子供を認知するのは大変おかしなことだと思う。

この矛盾に誰も気づかないのだろうか？

気味が悪くて仕方がない。

それに今でも私はこの世界の常識が分からない。

いや……違うな。

分かるけど理解できないと言うのが正しいかも。

「はっはっは」

「……」

しかし、見る限り羅紋兄ィさまからそんな憂いは感じられない。

見せないようにしているのかなんなのか、羅紋兄ィさまの元気っぷりはゲーム中ではあまり見られなかったような気がする。

どちらかと言えば元気な中にも陰りがあり、宇治野とは確か険悪な仲で。

ちなみに宇治野の天月へ来る経緯は羅紋と同じだが、彼の心の傷の場合は家族の問題というより、天月へ入ってからのほうにある。

花魁の中では一番年上ということもあり色々な遊男たちを見てきている彼は、その流れの中で自殺をしていった仲間たちの異変を前もって感じていながらも、あえて何も言わず傍観をしてきたことを悔いていた。

だが羅紋はそんな宇治野に対し嫌悪を感じており、馬が合わないのか会えば言い合いをするという仲だった。

だが、今の兄ィさま達は皆仲良しだし。

あー……もう。なんなんだろう。

と思わず首を振り天井を仰ぎ見る。

「そんなこと言ってると清水兄ィさんにドつかれますよ」

「凪風、お前なぁ。そういうこと言うと本当にドつかれるからやめてくれ」

徳利《とくり》を持った凪風がこちらへとやって来た。

左手に持っているのは『鬼婿《おにむこ》』という字がデカデカとかかれた酒。

いや、婿って。

鬼嫁じゃないんかい。

「野菊はお酒飲む?」

「うーん。起きたばっかりだし、まだいいや」

「そう。じゃ、僕に注いでね」

そう言うと私の目の前に座り込み盃《さかずき》を突き出してくる。

このクソ銀髪め。

「分かった。溢れるくらいね」

「やめて」

でもよかった私。

普通に話せてるよね。

凪風は普通の家の生まれ。

四人家族だったが、生活が苦しくなり妓楼へ売られた。

そして彼にはワケがあり、血の繋がらない妹がいて。

その妹が両親から扱《こ》き使われないか、捨てられないかが彼の唯一の心残りだった。

妹、彼女の名前は志乃《しの》。

だがその正体は……。

「凪風、あのさ」

「何」

妹とは三歳差の凪風。

もう会わないであろうと思われていた妹だが、偶然にも兄妹が再会する日が来る。

場所は天月妓楼。

彼が十三の時に妹が偶然にもおやじ様に拾われてやって来るのだ。

名前を変えて。

「私――」

名前を聞かれても名乗らなかった志乃に、おやじ様がつけた名は。

その人は、

『――兄ちゃん』

『野菊』である。

◆◇◆　◆◇◆

夜はまだまだ長い。

隣では依然として凪風が酒をグビクビと飲んでいる。

意外と酒豪なのか顔色が全然変わらない。

ザルだ。ザル様だ。

そして私は何故か皆が体勢を崩して過ごしているというのに正座しながら徳利を持ち、空っぽに

なった凪風の盃に酒をとぷとぷと入れるという動作を黙々とこなしている。

「……」

「ゴク……ふぅ。鬼婿もう一本開けようかな」

「……」

……ああ。

未だに勇気も元気もやってこない。

別に無理して「私のお兄ちゃんだよね」とかいちいち本人に確認して言わなくてもいいんだけどさ。

ゲームの中の凪風は、五年経ってしまっていても野菊が志乃だということを一発で見抜いているのだ。

つまりどういうことかと言えば、一年も経たない内に志乃もとい野菊に再会した凪風は当然私のことを知っているはず。

でも今まで彼がそんな素振りを見せたことはない。

一度もだ。

私も私で、本来なら一年足らずで自分の兄である凪風を忘れるなんてことはなかったはず。当の凪風は何も言って来ないし。

記憶喪失だと思われてしまっているのだろうか。

まぁ…ある意味、私記憶喪失だけど。

ゲームでの野菊の過去は、凪風ルートでは次のように回想されている。

・・・・・・・

家族内での志乃の扱いは酷な物だった。

始まりは凪風が五歳の時。

貧しい家の手伝いのため、河原近くで薪拾いをしていた彼が見つけたのは自分よりもうんと小さな子供。土だらけで傷だらけのその小さな子供は息を小刻みにしながら倒れていた。

『ねぇ、ねぇ』

『……ハァ……ハ』

『苦しいの?』

コクリ。

心配になり声をかけてみれば僅《わず》かながらも首を縦にふり、反応を返してきた。

その時小さな彼が直ぐに思ったことは、

——助けなきゃ。

その言葉だけだった。

薪を地面に置いて、代わりに自分よりも小さな子供をおんぶする。

幸《さいわ》い自分の家の近くだったので直ぐに家には着いた。

帰れば母親が居て、びっくりしたように彼を見た。

『どうしたんだい⁉』

『倒れてたから、つれてきた。くるしいって』

『そんな、連れてきたって……。と、とりあえずそこに寝かせてやりな』

それからは母親の看病もあり、子供の容態は日に日に回復していった。

そして元気になった彼女に帰る家は？　と聞くがどうやらないらしく、凪風の家でそのまま暮らすこととなり母も父も快く彼女を受け入れた。

取り敢えず生活する上で呼ぶことになるだろう名前を本人に聞けば「おまえ」と応えた。

この応えから察するに、どうやら彼女は名前を付けられてはいなかったようだった。それならばと凪風が彼女に付けた名が『志乃《しの》』。

彼女が何故あそこで倒れ、傷だらけだったのかはこの時代想像に容易《たやす》い。

早い話捨てられたのだ。

親に。

だから今度はこの家で幸せになれればいい。

彼女を見て、凪風はそう思った。

そう、思ったのだ。

『おまえ、魚が釣れるまで帰って来ちゃいけないからね。…最低でも三匹釣ってきな。あぁ、あとついでに着物は川でちゃんと洗濯しとくんだよ。忘れたら十日は飯ないからね』

『あい！』

『え、母さ』

『凪風はそこの畑で野菜を取って来なね』

『……』

だが。

願う幸せは長くは続かなかった。

『あれ、志乃はまだ？』

『いつまでかかるんだ……ったく』

『アンタ、かりかりしないでおくれ。もういいさ。待ってたらキリないから飯にするよ』

『……僕、みてくるから』

『あ、待ちなっ――凪風‼』

あれから一年経つか経たないかの内に、志乃の家庭内での扱いは下働きに近い形になっていた。

前よりも生活が苦しくなってきたせいでもあるのだろう。

もともと三人でも生活がやっとだった家。そこへ一人増えてしまえば、やっとの生活はさらに苦しくなる。

最初は余裕もあり優しい顔をしていた凪風の両親だが、時が経つにつれ生活の余裕もなくなり。

自分達の言うことをなんでも聞く志乃のことをいつからか小間使いのように見て扱うようになったのだ。

そう。両親達の志乃への認識は最早『タダ飯喰らいの居候《いそうろう》』だった。

『志乃』

両親の声を振り切り、走って志乃がいる河原へと急ぐ。

『志乃……っ』

人間の思考なんて、所詮そんな物。

綺麗な人間なんて一握り。

この両親はその一握りの綺麗な人間ではなかったという話。

『志乃、さかな釣りやめて帰ろう』

『あ、にぃちゃ。ううん……ごはんない』

『大丈夫。僕がさかな持ってるから。あ、どうしたのかは聞かないでね。ひみつだよ?』

そんな生活が二年。

あれから時は経ち最終的に凪風は生活のために妓楼へと売られ、金にならない志乃は両親の所へ残ったのだった。

・・・・・・・・

と、これが凪風ルートで語られる大まかな志乃の話。

自分の話なのだが私にそんな記憶はないから少し他人事に思う。なんせこの世界での記憶の始まりはよくわからない河原と、フラフラと歩き彷徨《さまよ》ったゴツゴツした土の道や周りに生えた草。そして初めて言葉を交わした厳《いか》ついおやじ様だ。

「野菊、何ボーッとしてるの。僕の話聞いてる？」

「――っえ？ ……あ、うん、聞いてる聞いてる」

「鬼婿開けるから持って来て」

オイまだ飲むのかよコイツ。

と呆れたような尊敬のような視線を彼に向ける。周りの皆も飲みに飲んでいるから変ではないけれども。それにしたって飲み過ぎだ。

凪風は普段からそんなに飲むタイプではないはずなんだけど。

うむむ。やはり元旦というお祭りムードのせいなのだろうか。テンションあげあげみたいな。

そう考えながらも結局は鬼婿を取りに、正座にしていた足を伸ばし立ち上がろうとした。

のだが、
フッ――……ポフン。

「えっ」

「スー……スゥー……」

立ち上がる前に膝に軽く重みがある物が落ちてきた。

ゆっくりと視線を下にやる。

「凪風？ なーぎーかーぜー」

「ん……ぅ…スー……」

膝の上にはキラキラと光る銀髪を生やした頭が乗っている。

凪風の頭だ。

そして聞き間違えでなければ寝息のようなものが聞こえている。

え、寝てるの？

ていうか潰れた……のか？

「し、しつれい」

「……」

本当に眠っているのかを確かめようと、あっちへ向いている凪風の身体と顔を手を使い上へ向かせる。

「なんだコイツ潰れたのか」

「朱禾《あかのぎ》兄ィさま」

「膝枕《ひざまくら》なんかして貰いやがって」

「うーん。やっぱり潰れたんですかねコレ」

「まぁ、こんだけ鬼婿飲みゃな」

朱禾兄ィさまが凪風の前に置いてある酒瓶を見て笑う。ザルだザルだと思っていたが…凪風は酔いが後から来るタイプだったようだ。

綺麗な灰色の瞳はキッチリ閉じており、胸は上下に動いている。

どうやら完全に寝ているらしい。

……いやでも凪風のことだから嘘寝かもしれない。

そう思って頬っぺをペチペチと叩いてみる。

「凪風のバーカバーカハーゲハーゲ」

「う……んん……。……」

一瞬眉根を寄せたものの起きる気配はなく。

本当に寝てしまったようだ。

「おろろ、なんだぁ凪風潰れてんのかぁ」

「羅紋兄ィさま、顔凄く赤いですね」

「酒はなー旨《うま》いんだぞー」

「飲み過ぎです」

ひとつ隣で飲んでいた兄ィさまが私と朱禾兄ィさまの後ろへやって来て、顔を赤くしながら膝の上を覗いてくる。

近い近い。

酒臭いわ。

鼻に手を当て、同時に凪風から手を離すと入れ替わるように羅紋兄ィさまの手が凪風の頬へと伸びる。

およよ。私と同じく悪戯でもするのだろうか。

ペチ、

「幸せそーうな顔しやがって。こんにゃろー」

クスリと笑みを浮かべる兄ィさま。

ペチペチと頬を叩くのは私と同じだが、妙に優しい感じだった。悪戯とは違うような。慈《いつく》しむような感じだろうか。

私も再び下に顔を向ける。

じっと膝の上の彼を見つめた。

綺麗なサラサラした髪の間から見える閉じた瞼は心なしか穏やかで。白い肌の下からほんのり酒のせいで火照《ほて》った血色の良い頬がなんとも可愛らしくて。両端が少し上がっている、今は静かに結ばれている口はとても綺麗で。

時折私の腹の方へすり寄るようにモゾモゾとくっついてくる仕草がくすぐったくて。

「確かに……可愛いですね」

「可愛いとは言ってねーぞ」

おでこを撫でてみました。

◆◇◆　◆◇◆

静まり返った大広間。

あちらこちらに酔いつぶれた男たちの姿がある。

チュン、チュン。

遠い所から雀の鳴き声が聞こえる。

もう朝か。

そんなことをボーッと頭の隅で思いながらも、いつの間にか寝ていた野菊は目を覚ます。

「……」

どんちゃん騒ぎの中、屈風を膝に乗せたままの所までしか記憶がないため、どうやらそのまま眠ってしまったようだ。

……というか。

「は、はーなーせぇ……」

何かに締め付けられるこの感覚。

起き上がりたいのに、あいにく誰かの抱き枕になっているようで動けない。寝っ転がっているため、凪風が膝にいる気配も感触もないし。

誰だこれ。

相手の胸板が顔に当たっているので、上を向かないと誰だか確認できない。ので、そそくさと覗き見ることにした。

誰ですかー誰ですかー。

おたくは誰で…………あ、なんだ。

「羅紋にぃーさまー」

「……」

羅紋兄ィさまだった。

声を掛けても全然起きない。

相当深く寝ているのか、私がチョイチョイと身体を動かしてもビクともしない。耳に当たっている胸からは、トク、トク、トクと非常に穏やかな心臓の音がする。

うーむ。

「にーさまー」

「うー……」

夏だったらアレだが、冬の寒い朝なので人肌がとても温かい。

無理に起こすのもな……。

今のところ兄ィさまが起きる気配は全くないし、他の誰かが起きだしたらその時に声を掛ければいいのかもしれない。

とか気にかけてそうに言いながらも、実はぬくぬくで温かいことに気づいた私の脳みそと身体が、このままゆっくりしていたいとダラダラ警報を鳴らしたためであるが故《ゆえ》なのだが。

まぁそもそも、自分もちゃっかり兄ィさまの背中に腕を回していたし、人のことは言えやしませんよ。はい。

——きゅ、

「?」

ジーッとしていると、左手の違和感に気づく。

羅紋兄ィさまの背中に回している左手が、温度のある物体に包まれている感じ。物体っていうか、手?

え、誰の。

右側を下にして横になっていたので、右腕が羅紋兄ィさまと自分の胸の前にある。

気になるので、その腕を畳について顔をちょこっと上げて、兄ィさまの後ろ側を見ることにした。

そうして見えたのは、

「あ。ふふ、兄ィさま……」

目を閉じ寝ていながらも、握られている手の先にいたのは清水兄ィさま。スヤスヤと寝ているが若干不機嫌顔だ。しかも口が少～し開いていて、ちょこっと可愛らしい。いつも大人な兄ィさまだからこんな姿を見ると変な母性が生まれてしまう。あ、でも綺麗でありますよ。

しかし何がどーなってこんな状況になったのか不明である。てかホント凪風どこ行った。

「野菊……」

「！　え、はっはい」

寝ながら清水兄ィさまが喋り出した。

「駄目」

何が。

「……」

「にーさま」

「スー……」

とりあえず何が駄目でどんな夢を見ているのかが気になるが、兄ィさまの寝言なんて初めて聞いたからすごく新鮮なのと、人の寝言を聞いてしまったという謎のドキドキ感でいっぱいだ。

しかし手がポカポカと温かい。

安心する温度だ。宇治野兄ィさまがお母さんだとするなら、清水兄ィさまはお父さんだろうか。

……いやでも年齢的にお父さんはないか。清水兄ィさま二十六歳だし私と十歳しか違わないし。

それをいえば宇治野兄ィさまだってあまり歳に違いはないけれども。

まぁとにかく。

「大好きですよ」

「……ん……」

・・・・・・・

小さな彼の世界には、母がいた。

村の人も隣のお爺《じい》さんやお婆《ばあ》さんだっていたけれども、彼の世界の中心には常に母がいた。

優しくも強い、世界の光が。

「晩飯は焼き魚だからね。残さず食べるのよ？」

「うん！」

「あはは、良い返事」

香ばしい匂いが漂う小さな木造の平屋の中。

夕方に交わされる母子のそんな会話は、平和そのもの。

「いただきます」

「はい、召し上がれ」

だがそこに父はいない。

今は仕事に行っているから、という意味ではなく、文字通り彼には生まれた時から父がいないのだ。

母に聞いてもうまい具合にはぐらかすので、正確には分かってはいないのだが、

『んんーとね。金持ちのボンボンだった』

と、ある日彼が父についてしつこく聞いていたらポロッとそんな言葉を零したので、金持ちだということだけは分かっていた。

それともう一つ。

『しっかし……母さんには全っ然似なかったのねぇ。顔とか恐ろしく綺麗であの人にそっくりだわ』

『あの人って、だれ？』

『んー』

『だぁれ？』

『しいて言うなら……』

『なら？』

『馬鹿なのに腹黒でそれはもう内臓の色は隅から隅まで真っ黒で閻魔大王《えんまだいおう》か！　ってくらい怖くて憎たらしくて身体の半分…いや全部が嫌味でできているような男』

『私の大好きな人よ』

気のせいでなければ、最初から最後までほぼ悪口しか言っていなかったように思う。

『好きなの？』

『まぁね』

だけれど急に笑顔になったと思ったら「大好きな人」と言い出したので彼には訳が分からなくなった。

とりあえず何故そんな人が好きなのだろうとは思ったが、母の言うその人が自分の「父」なのだと、言われなくとも何となく彼には分かった。

「おれ、その大きいさかながいい」

「俺、じゃないでしょ？　私《わたし》、って言うの」

「……わたしは、大きいさかながいい」

「その調子その調子」

それにやたらと一人称を「私」にさせたがる母。

彼にしてみれば「おれ」の方が言いやすく、また自分が住んでいる村の男衆《おとこしゅう》も自身のことを「俺」と言っているので、それが当たり前だと認識している。

「おれ、じゃダメなの？」

「あの最低閻魔野郎に更に似ちゃうから駄目よ。せめて喋り方は自分に似せたいじゃない？」

「……」

小さな彼の世界は、とても平和に満ちていた。

優しくて元気な母がいて、住んでいる村の人との仲も良好。

争いなんかはないし、食べ物だって自然が豊かなその土地では溢れるほど……という訳ではないけれど沢山ある。

「おれでも良いとおもうんだけど」

「駄目駄目ダメだめ。いやぁ、ここだけの話ね？　母さん、男の人の『私』って萌えるのよ～」

「もえ?」

「そう。萌えです」

「でもかあさん、とうさんのこと好きだったんでしょ?　とうさんに似ているならいいんじゃないの?」

「うぅ〜。それは……」

「それは?」

「だって会いたくなっちゃうじゃないの」

だが自分は今平和で幸せだけれども、果たして母にとっての今が幸せなのかはまだ小さな彼には分からなかった。

小さくなくとも理解するにはあまりに難しい事柄である。

「会えないの?」

「んー。まぁねぇ……」

溜め息をつくように言葉を吐く母。

しかし次には。

「夢で会えれば十分よ」

と、人差し指と中指だけを立てると笑顔でこちらを向いた。

「……」

「な、何よその顔は」

父さんが好きなら一緒にいれば良いのにと思うし、なら何故一緒にいないのかとも不思議に思う。

「ねぇねぇ。ずーっと母さんと一緒にいてくれる？」

「うん、いるよ」

「馬鹿ちん。さっさと嫁貰って巣立てておバカ」

父さんの穴を埋めることはできないが、これからは自分が母を今より幸せにしていければ良い。

彼はそう思っていた。


「きよ、きよ」

「……？」

それは満月の夜だった。

母と共に眠りについて数刻ほどした頃。身体を揺すられて起きれば、黒い布と何かの文様が入った小刀を手に持ち、まるでかくれんぼをする時のように腰をかがめた母が隣にいた。

「いい？　これを被《かぶ》って静かに裏手から出なさい。音は絶対に立てないで。見つかっちゃ駄目よ」

「？」

「これは貴方の父さんの刀。こうやって布に包んで、肌身離さず持ちなさいね」

「どうしたの？」

黒い布に包んだ刀を母から手に持たせられ、押し付けられた。

いきなりのことに疑問の言葉が口をつく。

「母さんが一緒だと見つかっちゃうかもしれないから、小さい貴方だけで行きなさい。できる?」

「できる……って?」

「村の外に出て、遠く遠くへ行くのよ」

「なんで?」

「きよの父さんのおうちの人がね、きよのことを探しているみたいなの。だから、逃げて」

「なんで?」

——ガサっ。

途端、家の近くの草むらが風ではない何かに揺すられた音がする。

同時に母の顔色が変わった。

険しくも悲しそうな、そんな形容し難《がた》い表情だった。

「きよ早くっ」

「なっ」

「母さんの一生のお願いよ」

「でも」

「行きなさい清水!　早く!」

その母の必死な形相に、頭よりも先に身体が反応して動き出す。

母の声はそこまで大きくはない筈なのに、彼の鼓膜に妙に響いたのは何故だろう。

『行きなさい』ではなく、

『生きなさい』と聞こえたのは何故だろう。

「あぁでも、本当はずっと一緒にいたかったかも」

裏手からひっそりと出た彼、もとい清水の耳に、気のせいかもしれないが誰かがそう呟いた声が聞こえた気がした。


薄暗い夜更け。

「上様には悪いが、争いの火種になる。それで……子供は始末したか？」

「それなんですが」

小さな平屋の周りに、複数の男たちが集まり何かを話している。

見た感じ男達は百姓の身なりではなく、どこか整っていた。どちらかといえばお武家様のような格好とも言える。

大柄の男が物騒な言葉を吐いた。

（かあさん）

今、清水の姿は先ほど向かっていた方向にはない。

母がやはり心配になった彼は、家の近くに戻ってきていたのだ。心配、というか自分が不安になったためでもある。

そこはまだまだ子供。

当然といえば当然なことであろう。

だがそんな子供でも、母が必死になりながら言っていた『見つかっちゃ駄目よ』という約束は、無意識に守っていた。

清水の身体を覆《おお》うほどの草木が彼を上手に隠している。

そしてその草木の間から覗く彼の瞳は、男達の姿を真っ直ぐに捉えていた。

「女がいつまでも口を割らないので」

「万が一言いふらされても困りますし」

と髷《まげ》を結った男が言うと、大きい何かずっしりとしたような物を担《かつ》いでいる者が一人、袋のような大きめの巾着《きんちゃく》を持った者が一人、家から出てきた。

清水は夜空を見る。

今はちょうど月に雲がかかっているため、男たちの姿が暗く、何を持っているのかそれが何なのかがよく見えない。

何だろう。

と清水は目を凝《こ》らしよく見る。

「だから、どうしたんだと聞いてるんだ」

イライラしながら再び男は聞く。

すると相手は袋のような物を地面に放り投げた。

それと同時に雲が月から離れ、男の顔を照らし出す。

「殺しました」

頬に血を付けながらも、誇らしげに言うその姿は、異様で不気味で、

「首です」

その言葉に、問いかけていたほうの男は、信じられないというような顔をした。

「何をしてくれたのだ貴様は‼」

「は、何を……とは」

「子供のほうだけだ！　女を殺《や》るなど上様に知れたら只《ただ》じゃ済まんぞ！」

「だっだから埋めるんですよ」

「土に」

その言葉を聞いて、素早く男達は動き出す。

「……」

だが、それとは反対に清水の脳は動くのを止めていた。

考える頭など、思考など、今の彼には欲しくはなかった。

目を閉じるのも止めていた。……止めていた？

いや、違う。目を閉じたいのに閉じられない。見たくはないのに見てしまう。

もう二度とは会えない母を。母の最期《さいご》の姿を。

「しかし上様は何故こんな女と子など」

「そうだ、子のほうはどうする。始末してないだろう」

「聞いた話じゃ、子は上様と同じ黒髪らしい。面も似てるんだろうさ。きっと」

「なら簡単に見つかるか。……あ、待てよ。村の連中に匿《かくま》ってもらってるんじゃないのか？」

「もういい手を動かせ。村の連中に気づかれるだろう」

ドスッ。

パラパラ……。

亡骸《なきがら》を入れた地面の穴が塞がれていく。

塞がった地面の所は少し盛り上がっているため、男達は草や枝をかぶせて不自然な場所を隠した。

「よし、今日はもう引き上げる。村の連中も眠ってはいるが気づかれても迷惑なだけだ。さっきも村の入り口で男が水を汲《く》んで運んでいたしな」

「こんな夜更けにご苦労なこった」

「それに喜八《きはち》。村人が子を匿うことは絶対にない。女も子供に誰かに匿ってもらえなどと言ってはいないだろう」

大柄の男に喜八と呼ばれた男は首をかしげる。

「何故分かるんだ」

「そういう女だ。子を匿えばその匿った奴も我々は殺さなければならん。どこまでも……馬鹿な女だ」

「は、はぁ……」

女を知っているかのようなその口ぶりに、喜八は少し戸惑《とまど》った。

そんな様子に、話していた男は鼻で笑うと村の外のほうを見ながら口を開く。

「とにかく。子供の足じゃそう遠くに行ってはいないだろう。明日にでも見つかる」

「行くぞ」

そう会話を終わらせると、もう用はないとばかりに男たちは家から離れていった。

その数刻後。

「か、あ……さ」

小さな呟きは、空気に消え。

体力も精神力も尽きた清水は、満月の光に照らされながらその場で気を失った。


「おい起きろ清水」

誰かに名前を呼ばれる。

それに温かな無機質な物が、自身を包んでいる感覚にも違和感を覚える。

「?」

なんだろう?

と思い目を覚ませば、そこはあの母が埋められた家の外ではなく立派な部屋で、ボロボロではない立派な布団と白い単衣が自分を包んでいた。朝陽が部屋の窓から漏れている。

ここは何処だ、と上半身を素早く起こして辺りを見回した。

そして目の前には、

「気分はどうだ」

灰色混じりの髪をした、強面《こわもて》の男が笑顔で座っていた。

「お前なかなか村から出てこないから焦ったぞ」

「……」

灰色混じりの髪の男が眉根を寄せながらそう言う。

清水は気安く自分の名前を呼んだ男に、少しの恐怖を感じた。

この男は何者なのか。

自分をどうしようというのか。

母は？

「清水。聞いてるか？」

この男も自分を殺そうとするのだろうか。

だが、どうせ生きていたところで、もうこの世には生きる意味がない。

母がいないのだから。

生きていても死んでいるのと同じだろう。

男は聞いても答えない清水に悲しそうな顔をすると、胡座をかいていた足を動かし正座になった。

「今は辛《つら》いと思うが聞いてくれ」

「なに」

何もかもが鬱陶しいとでもいうような顔を男に向ける。

だが男はそんな態度をさして気にするわけでもなく話を続けた。

「俺は昔、お前の母さんと城下で知り合ってな。……理由は言えんが、お前は今日付けで俺に買われることになった」

「なに？」

母と知り合い？

買われる？

「金は随分前から貸していたんだが、とうとう約束の時期になってな。ここは妓楼だ。男が女を抱く遊郭。遊男として働いてもらうことになったんだ、清水。正式にはまだ禿だが」

そう言い切ると男は目を閉じながら息をついた。対して清水の目はパチリと開いており、瞬《まばた》きを繰り返している。信じられないというように。

この男は凄く可笑しなことを言っている。

遊郭？

それはお金に困った人間が人間を売りつける、最低最悪な場所だ。そして売られた人間は否応《いやおう》なく浅ましく女を抱く。抱き続ける。そういう所だ。だからそんな所で自分が働くなど可笑しい。

だって、誰とこの男が約束をして、誰に売られたというんだ。

自分はもう独りである。お金に困れはすれど、自身を売りつけた覚えはない。

母に……母に売られたというのか、自分は。

「……っ」

ふと、布団の横に母から預かった刀が置いてあるのが目に入る。

「清水」

「そんな、ことを、するっ、くらいなら！」

清水は刀を手に取る。

「！　やめろっ」

ぐっ！

男が止めようと手を伸ばしたが一足遅かったのか。

次の瞬間、清水が着ている白い単衣が真っ赤な血にまみれ、彼の刀を持つ手にも血が被っていた。

血は腹から出ており、刀もまた腹に刺さっている。

切腹だった。

「かあ、さんに、あえるんだ」

「……」

「し、んで、しまえば、いいんだ」

血は傷口から少しずつ出ている。

だが止めようとした男の手は、ゆっくりと下がっていった。けして間に合わなかったわけではない。

その手の動き、その表情、清水が自分自身を刺す瞬間に男は分かってしまったのだ。

男は静かに、優しく笑う。

「お前、生きたいんだろう」

「な、んで」

確かに血は清水から出ているものだ。自分の腹を刺したのだから。それに刺したからといってすぐに死ねるものでもない。時間は多少かかる。

だが清水のそれは死んでしまうほどの出血量ではなかった。刺した場所も急所は外れている。到底死に至ることはできない。

浅かったのだ。傷が。

刀を持つ手も小刻みに震えているのが分かる。

「生きたいんだろう?」

違う、違う、違う。

彼は頭の中で連呼する。

「おれはっ」

ぐぐっ。

また刀を腹に刺す。

その清水の行動に目を瞑りながら、男は彼の頭へと手を伸ばす。今度は止めにも入らなかった。

小さな頭を撫でる手は顔に似合わずゆったりとしている。

「お前の心は、生きたいんだよ」

ぐぐっ。

だがそんな言葉など聞こえないとでも言うように腹から刀を離し、再び命を絶とうと、これが最後だとばかりに三回目の切腹をする。

しかし、

「だからお前のその小《ち》っせぇ手は、それ以上進まない」

「ちがうっ」

刀を握り締めたままの清水の瞳から、涙の粒が溢れだす。頬を濡らす雫《しずく》は血まみれの手に落ち、手の赤をそっと洗い流していく。

同時に男の手が、刀を握り震える彼の手を包んだ。

「いいか。それを『自分が弱いから』『覚悟がないから』『勇気がないから』とかいう思考で片付けるのは止めろよ」

「ちが……っぅ」

「死ぬことにな、勇気を持つな。覚悟を持つな。ましてや自分で自分を殺ることにはな。俺はお前の母さんに頼まれたんだ。生かせて守って欲しいと。どんな形であろうともだ。…お前の母さんは、最期に何て言ってた」

母さん。

母さんは――。

『見つかっちゃ駄目よ』

『生きなさい』

『清水』

「母さんは、あの」

「まぁ、とりあえず刀を置け。傷も塞がなきゃならんから大人しくしとけよ。——おーい！　羅紋！　治療箱持ってきてくれ！」

そう言うと大きな声で誰かを呼びつける。

そしてすぐにバタバタと足音がし、その誰かが部屋へとやって来た。

「はーい持って、ってウワ！　なんすかその血！」

現れたのは、緑髪の綺麗な少年だった。

「……お馬だ」

「おっお馬⁉　いやいや馬鹿にしてるんですか⁉　嘘だろ絶対！」

「もううるせーから朝飯に戻れ」

「呼びつけといて何様だこのオヤジ」

そうして文句を言いながらも、羅紋と呼ばれた少年は部屋からすぐに出て行った。

男は完全に少年が出て行ったのを確認すると、清水の単衣を脱がし治療を始める。

「そういやぁ、まだ俺名乗ってなかったな」

「べつに」

「この妓楼の楼主、龍沂《りゅうぎ》だ。よろしくな」

・・・・・・・・

兄ィさまの過去の話に関しては、清水ルートでゲーム中ハッピーエンドに近づくと、

『すまなかった清水。あの人を死なせてしまったこの身分を許して欲しい』

『上様……何故』

『せめてもの償《つぐな》いがしたい。なぁ清水。妓楼から出て、外で暮らしてみないか』

『いえ……私には離れたくない人がおります』

『ある姫との縁談が来ているのだが、受けてはくれないか？』

『だから私には！』

『松山城の愛理二姫《にのひめ》とだ』

『愛理？　まさか』

『俺は愛する人と結ばれることができなかった。だからせめて、お前は愛する人と幸せになっておくれ』

という感じで父ちゃんである上様が後半に出張《でば》ってくる。

なんやかんやで数年後に部下の失態に気づいた上様が、おやじ様経由で天月まで来て清水に謝罪をするのだ。

それからあれよあれよと話が進み、妓楼から脱出、外野でハッピーエンドという流れになる。愛理が実はどこぞの姫だとは前に回想したが、こういう場面でその設定が有効活用されるのだ。ヒロイン補正？　……最強。

しかし日本語とは便利なもんで、「なんやかんや」や「あれよあれよ」で話が進められるのだから楽なもんです。

「ん……」

「兄ィさま」

頭の中でボーっとそんなことを考えていると、再び清水兄ィさまが身じろいだ。

お、起こしちゃったかな。

と気になり兄ィさまをチラリと覗き見る。

『切腹』

頭に浮かんだその言葉に、私の視線は兄ィさまの腹に止まった。

そういえば下腹の三本の蚯蚓《みみず》腫《ば》れのような横線……。昔、私はその傷に触れようとしたことがあった。それは妓楼に来た翌日のことで、今でも本当に失礼なことをしてしまったものだと悔いている。

ゲームの中の兄ィさまは腹の傷を人生の汚点だと話していた。生きたいと思いながら切腹をしてしまったこと。三度も切って死ねなかったこと。自分の決意の弱さと浅はかさが傷として残っているそれが、兄ィさまが兄ィさま自身を許せなかったのだと。

だが、それに加えて母が死んだときのことも思い出してしまい、苦しいというのも傷を嫌う理由にある。

なんて…なんて自分に厳しいんだ。

私なんて自分に甘すぎてサトウキビが頭から収穫できそうなのに。

とんだ甘ちゃんだったよ私は。

でも私だったらどうしていたのだろうか。

死んでしまいたいと思ったのだろうか。

それとも、清水兄ィさまのように生きたいと願ったのだろうか。

今この世界に私の母親はいないし、前の記憶もほぼないから母親なんて分からない。

だけどもし天月の皆が死んじゃったら？　目の前で自分は助けることも何もできずに殺されちゃったら？

そんなの考えただけで背中が冷えて嫌な気分になってくる。

鬱《うつ》になる。

「野菊？　お前起きてんのか？」

「あ、蘭ちゃん」

ジーッと清水兄ィさまを見ていると、ちょっと遠くから蘭菊の声が聞こえてきた。

兄ィさまから視線を外して声の主を目で探してみれば、朱禾兄ィさまと宇治野兄ィさまが寝ている間から顔を出した奴が見える。

え、いつから起きてたの。

全然気配感じなかった。

しかし、改めて部屋を見渡すとカオス状態で皆が屍のように転がっている。それに朱禾兄ィさまや他の遊男たちの腹がチラホラ着物から見えていて、とても寒々しい。風邪《かぜ》引いちゃうよ。てか見ていて私のほうが寒くなってくるよもう。せめて冬場は腹巻をしようよ腹巻。私なんてサラシの延長で腰まで布巻いてるんだぞ。

見習わんかい。

「おい……」

心の中でえらそうに発言していると、再び声をかけられる。

あ、蘭ちゃんのこと少し忘れていた。ゴメンよ。

眠たそうにこちらを見てくる蘭菊は、目をこすりながらあくびをしている。

てか、あれ？　あれれ？

あいつ昨日ゲロってた奴じゃん。

ゲロゲロ小僧じゃん。

ゲロッピーじゃん。

「げろげろぴーぴー」

「なっ、お前喧嘩売ってんのか！」

そう言うと拳を握り締め、プルプルと震えながらメッチャ蘭菊が睨んできた。

相変わらずこの手のおちょくりに弱いなぁ。もうちょっと落ち着けばすっごい格好良いのになぁ。

でもそこが蘭ちゃんの良い所でもあるのだから面白いもんで。

笑いながらおちょくり続ける自分に、意地が悪いなとは思いつつ楽しくなってくる。

本当ゴメン蘭ちゃん。

楽しくてごめんなさい。

「ぴーぴー」

「うるせー！　お前に酒を八升《しょう》飲まされた俺の気持ちが分かるか！」

「はっ八升⁉」

八升⁉　お酒を⁉

「八升だ！」

「はっ、し……わっ私死んじゃう！　蘭ちゃん凄い！　スッゲー！　カッコイイ！」

「ど、どーってことねーよ」

いや、どーってことあるから吐いたんだろうが。

頬を指でぽりぽりかきながら、ちょっと照れたように笑う蘭菊は、少しだけ可愛い。

くっ、男のクセに生意気な。

でもそれだけ飲まされたのなら、ゲロってしまうのも頷ける話である。

私だったら吐いてちょっと寝ただけじゃ全然お酒抜けないと思う。こやつ本当に大丈夫なのかな。

ある意味酒豪？

「もう吐き気ないの？」

「全快だっつーの」

「大丈夫？　頭とか」

「お前のその言葉、どういう意味で言ってんのか考え物だな」

失礼な。

頭がクラクラとかして痛くないのかと心配しているんだぞ。べつに頭が馬鹿になっているんじゃないのかという意味ではないからね。

こいつは私をどういう奴だと認識しているんだ。こんちくしょーが。

私は唇を鼻に付くくらいムゥと突き出して蘭菊をじろりと睨む。

「……っ」

ちょっおい、今笑ったか？

そんなにブサイクだったか？　えぇ？

私の不快を知れ貴様。でもまぁ不快に関してはお互い様か。

「普通に心配してるだけですー！」

「てかお前、その体勢辛くねーか？」

蘭菊が私のほうを指差して言う。

思えば私は未だに羅紋兄ィさまの腕の中だった。蘭菊の言うとおり確かにそんな状態で頭を持ち上げて話してるから、正直首が痛い。もの凄く痛い。

と言うかその前に一つ言いたい。

これだけギャーギャー二人で話しているのに誰も起きないなんて、どういうこと？

ちょっとちょっと。

今もし不審者とかが侵入して来たらどーするの。え？　私と蘭菊で片付けろって？　んな無茶な。

とかそう大抵おこりもしない出来事にアホみたいにビビる私。

チキンとでも何とでも呼ぶがいいさ。

でも取り敢えずまずは、身動きが取れない状態を何とかしたい。猫の手でも良いから借りたいのです。

未だに私を遠くから眺めているだけの蘭菊の手でも良いけど。

「蘭ちゃん、ちょっと羅紋兄ィさまの腕上げてもらっていい？」

「それもう起こしちまえよ。股《また》に一発食らわせて」

「んー。でも起こさずに済めばそれに越したことないしなぁ」

吃驚《びっくり》するほど羅紋兄ィさまの腕はなかなか退かない。

蘭菊の言うとおり足で男の急所を蹴りつければ、そりゃ起きてくれるだろうが…。

そんな酷いこと私にはできない。

できませーん。

「ていうかこんな寒いのに皆腹出して寝たりして風邪引いちゃうよ。掛け布団掛けたいから、蘭ちゃん手伝ってください」

「風邪引かせときゃいーんだよ」

「ハッ。馬鹿ちんが。お前こそ風邪引いちまえ」

「なんだとコラァ！」

全く喧《やかま》しいな。

人の身体を労《いたわ》れない奴は碌《ろく》な目にあわないんだぞ小僧。

「ったく、ほらよ」

だが散々ほっとけと言っていた蘭菊は、仕方ない、というような感じでこちらへ来て羅紋兄ィさまの腕を上げてくれた。

しかし寝相の悪い私が抜け出せなかったほどのそれは、男の蘭菊でも少しキツイようで。

小僧の腕が再びプルプルしている。メッチャ力んでるよ。

蘭菊頑張れ！

お前ならできる‼

と応援する私の上で、顔が若干赤くなりながらも必死で引っ張ってくれている蘭菊は言われなくても頑張っていた。

「重！　なんでそんな筋肉質ってわけでもねーのにこんな重いんだよ」

「だよね」

「重いっつーか力入ってんじゃ……」

なんて二人してゴチャゴチャ言いながらも、どうにか蘭菊が持ち上げてできた隙間から身体をすり抜けさせて私は脱出に成功した。

そしてやっと自由になった上半身を起こす。

うぉ～首が痛い。ゴッキゴキ鳴りますぜ。

あ、羅紋兄ィさまは……起きてないよね。うん。大丈夫。

確認してそっと兄ィさまから離れると、掛け布団を取るために部屋の押し入れを蘭菊と開ける。

中には八枚ほどの掛け布団が入っていて、反対側の押し入れにも同じ枚数が入っているため全部で十六枚となるけれど、さて人数分は。

んん～。足りるか？

とりあえず皆に一枚ずつじゃ足りなくなるので、数人に一枚という感じで掛けていく。

これならば全員に掛けられるだろう。

染時兄ィさまと阿倉兄ィさまに、朱禾兄ィさまと宇治野兄ィさま。と順にペアで布団を掛けていく。掛けた瞬間、皆無意識で布団に縋《すが》るから見ていて面白い。ううん可愛いです。

さて次は……お？　あらまぁ。

視界に入ってきたのは銀髪と青髪。

言わずもがなアノ二人である。

「凪風ったらこんな所に。およ、秋水もいる。仲良く並んで寝転ぶとは…」

「あー、そいつら昨日妙に意気投合してたからな」

「それはいつものことじゃないの蘭ちゃん」

「そうだな」

順番に回っていくと屈風と秋水が仲良く寝ている姿を発見した。なんかちょっと興奮する。いや、変態とか言わないでよね。そういう意味じゃないから本当。

あと別に悪用したいわけではないが、カメラがあったら是非《ぜひ》とも写真を撮りたかったです。

とかそんな思考に浸っていると、遠くにいる新造や禿ちゃん達に掛け終わったらしい蘭菊が、私の持っている掛け布団を指差してくる。

「おい、清水兄ィさんと羅紋兄ィさんにも早く掛け——いや俺が」

「はい掛けまーす」

私は最後の一枚を屈風と秋水から少し離れた所で寝ている二人に掛ける。

あららお二方の寝顔が綺麗ですこと。

でも羅紋兄ィさま、左の頬っぺたに畳の跡付いてるよ。清水兄ィさまは…流石だ。うつ伏せになってはいるものの、顔が横を向いておりギリッギリ耳までしか畳に付いていないため、顔にはノーダメージ。

ある意味隙がなさすぎるな。

相変わらず無駄な感想を頭の中で繰り広げた野菊は布団を掛け一呼吸した後、清水の傍にそっと近づく。

兄ィさまの顔をじっくりと見れば、笑ってもいなく怒ってもいなく悲しんでもいない。無表情で目を閉じている。て……いやいやいやいや、そりゃそうだろう。寝ているんだから。

と自分の馬鹿な実況に突っこむ。

そう言えば大人になると夢を見なくなるって言うけど本当かな。でももし見れるなら兄ィさまにはとっておきの面白い夢を見てもらいたい。笑いすぎて兄ィさまが涙目になるところとか凄く見てみたい。

野菊は清水に笑いかける。

「清水兄ィさま、私は兄ィさまに出会えて幸せです。あ、もちろん皆にもです。へへへ。兄ィさまは……」

ほんの少しでも、幸せを感じてくれていますか。

◆◇◆　◆◇◆

ところで今までスルーをしていたが、私は一つ重大な問題を全く深く考えていなかった。

私『野菊』は話の中で悪役、悪者、人格破綻者《はたんしゃ》である。大変不本意だが。

今の自分はそうでないにしろ、前に思ったとおりゲーム通りの行動こそしていないが、そのような状況になりかけてしまうことが少々？　あった。

ということは私が遊郭に売られてしまう事態や仕置きをされてしまう何かが起きる可能性が完全

にないとは言いきれない。

ぶっちゃけ怖い。

お化け屋敷の中に住んでいる感覚に近い。

いつ何が出てくる（ラブいイベントと自分の破滅イベント）か分からない。本当に恐ろしいことである。

「兄ィさん、次は？」

「え？　あ、ああゴメン。次はね」

正月休み明けの三日目。

私は仕事までの間の時間に梅木《うめぎ》に稽古をつけている。

禿を卒業した梅木は、今や私と秋水の下に付いている。

しかし何故秋水だけではなく私の下にも付いているのか。

それはおやじ様の粋《いき》なようでアホらしい考えがあったからである。

もちろん最初は秋水だけでも良かったらしいのだが、私がある日『きっと女の本音からすると～』と梅木に食事中何やら客の女性のことを話していたのを見かけ、急にピンとひらめいたらしいのだ。

（もし遊男としての秋水と女心が分かる野菊の二人に手管を仕込まれたならば。……それ最強だよな）

何が最強なんだ何が。

そして結局迷いもせず、最終的にそのような考えに至ったおやじ様は早速二人に頼んだ。ということである。

だけど真面目な話、女と言っても長年男をやり続けている私に女心が完全に理解できているのかは怪《あや》しい。

以前の記憶でも女だったたっていうのは分かったけど、記憶から恋人やら夫やら、ましてや好きな人の記憶なんてこれっぽっちも出てこなかった。女なのに恋愛の記憶が一切ないってどういうことだよ。

でも思い出したとはいっても、自分がなんの会社に勤めていたとかどんな学校に行っていたのかとかはハッキリと思い出せていないので、もしかしたら忘れているだけなのかも。

というかその前に、この世界で恋すらしてもいない。完全に枯れている。

「座敷の最後で使う手管なんだけど」

私がこの世界のことを知って四日目になるが、これと言って変わったことはないし、これからの皆の展開を予測するのも難しい。

色々今の私達…というか皆の関係に若干ズレがあるからゲームの話通りにいくかは微妙だし。

今のところ何をどーしたらいいのかは正直分からない。

だって知らずに生きてきたもんだから。

知らずにここまで来ちゃったもんだから。

遊男になっちゃったもんだから。

今更全く皆と関わらないというのは無理な話だろう。

「お客が帰る時、ん～……別れ際？　が大事なんだなぁコレが」

「何をするのですか」

「例えば相手の女の人の頭を撫でながら『もう行ってしまうの？』とか言ったり、ぎゅ～っと抱きしめて頬に接吻したり『まだまだ別れたくない』という仕草をくど過ぎない程度でやるんだよ」

「ゲコ（やるんだよ）」

そう言って腕を胸の前で交差し、抱きしめる仕草をしながら梅木のほうを向き説明することに集中する。

あぁしかし、この私が誰かに指導する日が来るとは。感慨深いものがある。

一日一善。

三歩進んで二歩下がる。

苦は楽の種。

思う念力岩をも通す。

石の上にも三年。

けして楽ばかりじゃなかった日々。

最初なんか字は読めないし、和歌の歌の意味も分かんなかったし。書道の半紙は毎回シミが付着するし箏の弦をブチッたこともあるし、皆より古典の呑みこみは遅かったし寝坊はするしやっぱり寝坊はするし。

あの頃は失敗続きで駄目なお饅頭《まんじゅう》野郎だったけれど、それも我慢強く続けて何年もすればまぁまぁ美味しい焼き饅頭になれた感じはする。

継続は力なり。

「そうするとどうなるのですか？」

「自分《私》のことが別れたくないくらい好きなのね、この人は。とか少なくとも思うはず。まぁ本当に遊びなれた人にはあまり向かない手だけど」

「女性とはなるほど、そういうものなのですね」

「ゲコ（そういうものだ）」

私の向かいに正座をしながら腕を組んで首を捻る梅木はなかなか可愛らしい。

引込禿を卒業した彼は、花魁に付いて女性への手練手管を学ぶ。ちなみに芸事はおやじ様の下で完璧に仕込まれているから、そっちのほうは教えなくても構わないのだ。

「帰り際だからこそ、だからね。覚えておくと良いかも」

「はい！」

「ゲコ」

なんかさっきから、横でチャッピーがちょいちょい入ってきて面白いんだけど。

あんた何、手管覚えてるのか。

よし、繁殖期になったら良いメスが捕まえられるように色々レクチャーしようではないか。

「ちゃっぴぃも覚えているのですかね」

「ふふ、かもね」

「じゃあ僕ももっと頑張らないとですね」

今私が教えているのは遊男の手練手管の内の一つ。いわば心理作戦とでも言っておこう。

私の座敷や秋水の座敷に何回か出てはいるが、やはりまだまだ分からないことが本人的、には多い。

そりゃそうだ。目で見ているだけでは、実際どんな物かなんて全然分からない。私だって実践するようになってからだいたい理解したような感じだし。

でも兄ィさま達はある程度実践を私相手にしてくれていたのでとても分かりやすかった。

あれは凄くタメになった覚えがある。ありがたやー。

あ、そうだ。

「梅木、ちょっとそのままでいてね」

「？　はい」

そう言われた梅木はその場でジッとする。

それを見た私は着物の裾《すそ》を押さえて膝立ちになり、梅木を正面から抱きしめた。

苦しいほどキツくではやり過ぎなので駄目だ。

ちょっと力を一瞬込めるくらいがたぶん良い。

「ずーっとこのまま一緒にいれたら良いのに」

「に、兄ィさん」

ちょっとビクリとした梅木から振動が直に伝わる。そりゃ驚くよね、急にこんなことされたら。

でも梅ちゃん申し訳ない。

私からされても正直迷惑かもしれないが、こういうのはやっておいて損はないと思うんだ。

自分の経験上。

「と、こんな感じです。ゴメンねいきなり抱きついちゃって」

「い、いいえ。なんとなく分かりました」

「なら良かった」

背中をポンポンと叩いてから腕を解いて少し離れる。

「でも今言ったことは嘘じゃないからね。叶うなら皆とこのまま家族みたいにいれたら良いなって」

そう私が言うと、梅木の瞳がキラキラと輝きだした。

「僕も野菊兄ィさんとずっといれたら良いと常々思っています」

今度はお互いにぎゅっと抱き合う。

ああ、なんて可愛いの君は。

弟が自分にいたらこんな感じなのかな。本当に可愛い、かわい……？　おぉ、あら……あらら、
ちょっと成長したか？　腕の筋肉私より付いてんじゃん。あれ、ていうか背中ちょっと広くない？

十二歳だよね君。なんでこんなにいっちょ前なの。なんかちょっと男じゃないのよ男。どういうこ

となの。

ガタッ。

男に、身体が漢《おとこ》になってきている梅木に若干嫉妬していると、部屋の戸が開く音がする。

誰だ。

「野菊ー……おい、何してんだお前ら」

気づいてそちらを見れば秋水が部屋の戸を開けたままポカンとしていた。

そんなマヌケ面も様《さま》になっていていてイケメンはどこまでもイケメンなんだと地味に実感する今日この頃。

その成分私に分けてください。

少しでいいから。オーラでも良いから。

というかいい加減声を外から掛けてから開けて欲しい。

蘭菊といい秋水といい皆全くもう。

常識という物を学ばんかね。

とりあえず梅木から再び離れて秋水の用件を聞くことにする。

「何か用事?」

「あぁ。稽古中悪いがおやじ様が新しい着物仕立てるとか言うから一応呼んで来いってな」

「梅木? 私?」

「梅木だ」

新しい着物か。

そう言えばこの時期は仕立てラッシュだった気がする。

まだ一月なわけであるが、五、六月の暖かい時期に向けて今から仕立ててしまうのだ。こんな早く仕立てなくても……と思うのだけど、おやじ様がやると言うのだから仕方がない。

「そっか、じゃあ行ってらっしゃい」

「兄ィさんではまたお願いします」

「うんまたね」

二人して手を振り合い、そうして梅木が部屋から出て行く。

梅木だけ。

秋水は梅木の背中を見送るばかりだ。

あれ、秋水は行かないの？

なんかずっと立ってるけど。

どこにおやじ様がいるのか伝えてないじゃん。もしや以心伝心《いしんでんしん》？　心の中で会話とかできちゃうの？

とくだらないことを考えていると、秋水が溜め息をつきだした。……なんで溜め息よ。

幸せ逃げるぞエリートボーイ。

「ところで今日は何やったんだ？」

「客の帰り際についてをちょっと」

「それであぁなったのか」

どうやら梅木との抱擁《ほうよう》が気になっていたらしい。

「野菊はこの後用事とかあるか？」

「ちょっと、まぁ」

「なんだそうか。どうせなら荷物持ちさせようと……チッ」

「今舌打ちした？　舌打ちしたよね？」

「それはそうと」

「あ、逸《そ》らした」

「あんまり男に無闇《むやみ》に抱きついたりするな。男だって単純だからな。もしやと思うかもしれないぞ」

何を真剣に話し出すかと思えばなんだ、そんなことか。

そらＢＬな世界があることだって私も知っている。いくら私でも誰彼構わず抱きついたりなどはしないさ。同期や親しい兄ィさま達以外には。

「梅木はまだ良いが……」

「まぁまぁ大丈夫だって。というか秋水のほうこそ天月の誰かに惚《ほ》れられちゃったりするんじゃないの～」

「あるわけないだろ馬鹿かお前」

「馬鹿はお前だ」

「なんて言った」

「すいません」

秋水に頭をガシっと片手で掴まれてしまった私はすぐに謝罪する。

もはや恐怖政治。

「明日は？」

「何が？」

「用事だ用事」

「あぁ、明日はないかも」

「なら明日吉原の簪屋に行くからお前一緒に来い」

話がまとまりそうだと感じたのか、秋水は開いたままの戸襖に手をかける。

「お！　もしかして梅木のやつでしょ？」

「当たりだ。また昔みたいに寝坊すんなよ」

そう少し笑って言うと、後ろ手に手を振りながら部屋から去って行く。

何だあの後ろ姿。

爽《さわ》やか青年じゃん。

エリートが爽やかになるとかもう完敗なんだけど。

「ふぅ……」

それはさておき。

やっと一人になれた部屋で私は再び考える。自分のことについて。

『野菊』が出てくるのは愛理ちゃんがおやじ様に拾われ天月に来てすぐのことだ。裏方の仕事の先輩として最初は優しかった野菊が豹変《ひょうへん》するのは愛理が誰かの好感度をある程度上げた時。

つまりは花魁の誰かと良い感じになる少し手前辺りである。

野菊が頑《かたく》ななまでに皆が愛理に惹かれるのを嫌がる理由は、親から受けたこれまでの扱いに原因がある。

二歳で本当の親に捨てられ、そして凪風の家に拾われるも結局はまた捨てられ。そんな捨てられ続きの人生が完全に彼女のトラウマになっていたのだ。

愛理が誰かと結ばれてしまうというのが、せっかくまた新しくできた家族を取られてしまう、自分はいらなくなって捨てられる、という考えに至ってしまう。

なんか……もうちっとこう、プラス思考になれないものか。

新しい家族ができるんだという思考になれないものかね。

まぁそこはゲームを作った人が悪いんだけどさ。野菊を捨てられ続きの人生にしやがってコノ野郎。

だが更に厄介《やっかい》なのが、愛理……プレイヤーが選択したルートの人物を野菊が好きになっているということ。プレイヤーが蘭菊を選べば蘭菊を好きになっているし、宇治野を選べば野菊も宇治野を好きになっている。

どれを選んでも野菊は恋敵《こいがたき》になってしまっているので、この運命はどのルートにいっても免《まぬか》れない。

「……」

「ゲーコ」

今の状況はどうだろう。

別段決定的な何かがあったわけではない。

そして私自身に何かあったわけではないが、愛理ちゃんと花魁の皆の間で何か起こるのは間違いない。

実際起こっていたし。

第一この世界がゲーム通りにいくかが分からない。

もしかしたらパラレルワールド的な世界かもしれないし。

私が愛理ちゃんを嫌いになって殺そうとすることはないと思うし、そもそも恋敵になんてならないだろうし。

考えが落ち着いたら愛理ちゃんのところに行って話でもしてみよう。

記憶がなくなったばかりの頃は避けられていたみたいだけど、私もいつまでもウジウジしてはいられない。

《コンコン》

「はい？」

部屋の戸がノックされる。誰だろう。

さっき出て行ったけど秋水かな。だとしたら急激な成長を遂げているではないか。開ける前にちゃんと戸を叩くなど。

「あの、野菊さん。お話がしたいんですけど、お時間ありますか?」

聞こえてきたのは愛理の声だった。

野菊の目は文字どおり点になる。

「っ……え? あ、ちょ、ちょっと待ってね」

「ゲコゲコゲコ!」

ピョンピョン。

とチャッピーがいきなり凄い勢いで鳴き出したと思ったら、窓から出て行ってしまった。

「い゛やぁぁあ! ちゃぁっぴぃぃぃぃい! 一人にしないでぇぇ!」

ていうか、ちょ、今冬! 今冬だよチャッピー!

あんた死んじゃうって! てか何てバッド? ジャスト? タイミングなの!!

心の準備もしないうちに本番がやってきてしまった野菊であった。

◆◇◆　◆◇◆

「ええと…じゃあ、ここにどうぞ」

とりあえず部屋へ冷静に招き入れた私は、座布団を取り出して敷き愛理ちゃんに座ってもらう。

こんな時にだが、部屋を掃除しておいて良かった。おやじ様が毎日習慣づけて掃除しろと口酸っぱく言ってくれていたおかげである。

ありがとうオヤジ。

さて。緊張しない方法として、自分の視線をわざと相手に合わせるということを羅紋兄ィさまから教わったことがあるので、目線を合わせようと愛理ちゃんの目を見つめてみるが、当の愛理ちゃんは畳のシミを見つめていた。

は、恥ずかしい。見ないでくださいそこは。田楽のタレ落とした所だから。汚いから！

と心の中で叫びつつ、まだ話すことが定まっていなかった私はどう切り出したらいいのか分からず色々と話しかけてみることにする。

当たって砕けてみよう。男は度胸だ。

握り拳を胸に掲げる。

「急にどうしたの？　私後で行こうと思ってたんだ」

「……」

「記憶があの……アレしちゃったあとから、心配になって声かけてみようかとも思ったんだけど。緊張しちゃって全然声かけられなくて。ゴメンね。階段から落ちてから痛みとか身体とか調子は変わりない？」

もう内心必死で心臓に汗をかきながら話を続ける。

久しぶりに話せた嬉しさと未だ何の反応もない愛理ちゃんに戸惑いながらも、わざわざ訪ねて来てくれたという事実に一種の安心感を持つ。

だって本当に避けられてしまっていたものだから。

やっと遭遇したと思えば花魁の誰かとのイチャイチャシーンだし、部屋に会いに行っても警戒されているような感じで出て来てはくれなかったし。

でもまぁ、そりゃそうだろう。

記憶を失って私のことが分からない愛理ちゃんからしてみれば、その行動は単なるストーカーにしか思えない。

冷静に考えてみればなんて失礼なことをしていたんだ私。

自分の過去の行動を悔いながら次はなにを言おうかと捻っていると、愛理ちゃんの丸くて大きくて子猫のような瞳が畳のシミから私の瞳へと移っていた。

あっ愛理ちゃんが私を見たぁ！

コレいける！　いける気がする！

「でね、愛理ちゃん」

「あの、女、ですよね」

「え？　うん。……うん？」

「誰か好きな人とかいますか？　天月の皆の中でとか」

誰かとは誰だ。好きってどういう好き？　結婚したいとかの好き？

やっと反応をして返してくれたと思ったら予想外の言葉が来たものだから、先ほど以上に私は戸惑う。というか、そうか。まずはそこからだったよね。兄ィさま達やおやじ様が説明してくれたのかもしれないけど、私自分から女って説明していないし。こんな胸にサラシを巻いた着流し姿で客を相手にしている奴なんて、むしろ男だとも思うよねそりゃ。でも男に見えていたのならそれは遊男として幸いなことである。

しかし好きな人……か。

いきなりな質問をしてくれる。

冗談かなとも思ったが、愛理ちゃんの瞳はすごく真剣で。

これは真面目な答えを聞きたいのだなと思った。

こんな恋バナをするという事態。五分前の私には全然予想はできなかっただろう。まず第一愛理ちゃんがやってくるという予想もできなかったし。

気を取り直して質問に答える。

「皆のことは好きだよ。それは兄弟とか、親子みたいな感じで。家族みたいに大切に思ってる。夫婦になりたいとかの好き……はないかな」

「なら今度こそ、私の邪魔はしませんか？」

じゃ、邪魔？

「誰も好きではないってことですもんね？」

「そ……ういうことですね」

愛理ちゃんに視線を合わせていた目を横にそらしながら、尋問みたいになってきた今の状況に私は心の中で首をかしげる。はて。

一体全体この状況を誰かに説明して欲しい。

大体、今度こそって……前に私何か愛理ちゃんの邪魔しちゃったの⁉

なんてことを！

覚えのない事実に頭が冷める。

「私好きなんです。ある人のことが」

「あれ、そうなの？」

「誰とは言えないんですけど、花魁の人で」

「ほへぇ～。……え⁉」

予期せぬ事態。恋愛相談が始まったと思ったら…なんというか、これまたえらいことをカミングアウトしてくれた。私の質問に一切触れないで直球ストレートで来たよ。スルースキル半端ないよこの子。

だが考えようによれば、相手が分かれば私も色々対処できるということ。私がずっと心配していた仕置きをされ女遊郭に売られる事態とかを免れられるチャンスだと思う。

まぁ起こらないかもしれないが、用心しておくに越したことはない。

愛理ちゃんは続ける。

「ちょっとでもその人が女性に構っているのを見ると嫌な気持ちになるんです」

「乙女心は複雑だよね」

「違うんです」

「？」

「野菊さんと話しているのを見ているのが駄目で」

そう言って悲しげな顔をすると愛理ちゃんは目を伏せた。……ん？

これは――ようするに、だ。

こうしてわざわざ私の所まで来て好きな人のことを話し、その好きな人と私が話しているのが駄目だということは、つまり。

「ええっとー、誰？　かな。それが分かれば協力もできると思うんだけど」

「言えません。だから花魁の人たちから少し距離を取ってくれるだけでも良いんです」

「えぇー……」

いや、良くない良くない。

なんか以前と性格が百八十度変わっているぞ愛理ちゃん。もともとハッキリとモノを言うタイプだったが、これはハッキリと言うより何と言うか、我が儘《わがまま》？　可愛く言えば駄々っ子だ。

どちらかと言うと、以前の愛理ちゃんは仕事に情熱を燃やしていて、恋愛にはあまり興味のなさそうな子だった。私が知らないだけで、もしかしたら誰かに恋をしていたのかもしれないけど、それでも彼女は自力で頑張るような女の子だったと思っている。少なくとも私は。

しかし困った。

そんなことを承諾《しょうだく》してしまったら、生活に確実に支障が出る。ここは言わば大きなシェアハウスだ。人間関係というものが常に存在する場所。

そう簡単には距離を置くことはできない。

愛理ちゃんの恋は実に応援したいのだが……。

「で、でもね愛理ちゃん。私も誰か分からないまま皆と距離を置くことはできないからさ。それで思うんだけど、そういうのは私がいてもいなくても変わらないんじゃないかな。やっぱり当人同士の交流と乙女の頑張りがあってこそというか、うん。それに愛理ちゃん可愛いから、その人ももしかしたら」

「放り投げるんですか？」

「放り投げるってわけじゃ」

「それは、私からしてみれば邪魔しているのと同じだと思います」

「えぇー……」

こぶしを正座している膝の上で握りながらそう力説される。

だがそんなことを言われても私にはどうしようもできないから仕方がない。誰を好きなのかを聞いても答えてくれないんじゃ…と対処のしようもない私は途方にくれる。

嫉妬をしちゃうからといって皆を無視するわけにはいかないし。

「でもね……うーん。私がどうこうできることではないと思うからなぁ」

『私ができることなんてないわよ』

え、今の、何。

一瞬私の頭の中であるゲームの場面と台詞が浮かんできた。

どういうことだろう、この感じ。

これは既視感《デジャブ》？

あの四日前の夢を見たときのようなこの感じ。なぜだか嫌な予感がする。

頭を左右に振って、先ほどの情景を振り払い前を向く。

そんなことをしても忘れないし無駄だけど、その無駄さえ私には救いになっていた。

気を取り直して愛理ちゃんにもう一度話しかけてみる。

「あ、あのね、協力はしたいんだけど、やっぱり自分で頑張って相手とそういう状況にどうにかこぎつけるのが一番だと」

『それ嫌味なの？　あんたとアノ人のお膳立てなんて嫌よ。自分でどうにかしたら？』

そう。そうして次には緑色の綺麗で美しい彼女の瞳から――。

あぁダメだ。

何でこの場面が思い起こされてしまうのだろう。嫌だ嫌だ。お願いだから次の展開は当たらないでほしい。

頼むから神様。

「ううっ、……グスン」

「嘘」

唖然《あぜん》とする私の中で再びあの言葉が繰り返される。

そう。そうして次には緑色の綺麗で美しい彼女の瞳、愛理の瞳からは涙が零れおちるのだ。と。

この台詞、場面は、愛理が相手と吉原内デートをする前日、自分の手持ちの着物を全部誰かに（野菊に）ズタズタに裂かれてしまった時の一場面。

相手や周りに心配させたくない愛理が、女の着物を唯一持っている野菊に頼み込んでいるという状況。そしてそれを拒《こば》んでいる野菊、という図だ。

しかし疑問がある。

なぜその場面でもないのに、今自分が言った言葉と愛理が泣くタイミングがほぼ被っているのだ。

おかしい。

絶対におかしい。

そんな奇妙な出来事に、ぎゅうっと握っている私の手の指先が冷たくなってくる。

「もういいです！」

「え、ちょ、待って！」

いきなり泣きながら部屋から走って廊下へ飛び出した愛理ちゃんに、私は片手を伸ばしたまま固まる。

このまま行けば、次に愛理に待っているのは自分が選択したルートの人物か、他の花魁たちの誰かである。そしてその誰かが廊下を歩いていて偶然泣きながら歩いていた愛理を見つけて優しく語りかけるのだ。ちなみにそこでポロリと野菊の行いを暴露《ばくろ》するという、そんな感じで結構仕組まれたように物語は流れていくのだが。

「……」

というか、こんなのんきに状況分析している場合じゃないよ私。

別に暴露されるようなやましいことはしていないし着物を破いたわけでも、意地悪で何かを言ったつもりはない。が。

私が実質泣かせたようなものだもん！

このままじゃ色々アカン！　と私が立ち上がり愛理ちゃんを追いかけるべく足を踏み出した途端、廊下のほうから『ドン』と誰かと誰かがぶつかったような音が聞こえた。

「あれ愛理。どうかしたのですか」

「……つうじ」

声からするに、宇治野兄ィさまと愛理ちゃんが衝突したらしい。

あぁどうしよう。

もし愛理ちゃんが私のことを言わなくても状況的に私に非があるから。どうしよう！

だが、次の瞬間『ピョコッ』と誰にも気づかれず愛理の着物の中に飛び込んでいった緑の生命体がいた。

「うっ……ふ……あはっあはははは、ちょ、やめっひゃぁ！」

「ゲーコ」

「？　ちゃっぴぃ？　ですか」

「え、チャッピー？　チャッピーいるんですかそこに！」

「ニャーン（いるいる）」

気になり戸の近くまで行き覗き見ると、愛理ちゃんが思い切り爆笑している姿が見えた。なんじゃありゃ。

目の前で起きている予想とは違う展開に驚いていると、スリ…と護が私の足に擦り寄って来る。

今更だけどお前今までどこにいたのだ。

「てっきり泣いていると思ったのですが、気のせいだったみたいですね。良かった」

「……」

そんな会話が聞こえたかと思い護から視線を外すと、チャッピーがいつの間にか私の目の前に来てちょこんとお座りをしているのを発見する。

どうやら状況から察するに、チャッピーが愛理ちゃんの着物に入り込み擽《くすぐ》って笑わせた。というところだろうか。

「ゲコ（安心しろアホ娘）」

「やだチャッピー」

こんなにたくましい蛙は見たことない。でもアホ娘は余計だよ。

ちなみに何度も説明はしているが、このチャッピーや護の言葉はあくまでも私の解釈である。でもそういう感じに聞こえているのであながち間違っているとも思えない。

不思議と。

しばらくすると宇治野兄ィさまがこちらにやって来る。

「あ、野菊。さっき丁度、朝陽《あさひ》に呼ばれて行ったらお饅頭をくれたんですよ。一緒に食べませんか？」

笑顔でお饅頭を持ちながらそう言う兄ィさま。

ふと、ミシリと廊下の床が軋《きし》んだ音がして後ろを見る。そして私は固まった。なぜなら愛理ちゃんが思い切り嫌そうな顔をして私のほうを見ていたから。

え、も、もしかして愛理ちゃんの好きな人って宇治野兄ィさま？　だからこの廊下にも兄ィさま通りかかったの？

マジで？

「き、今日は遠慮しておきます」

「珍しいですね」

「最近食べすぎかなぁ？　と思いまして」

「そうですか？」

首をかしげる宇治野兄ィさまに一応言ってみる。

「愛理ちゃんがさっきお腹空いたと言っていましたよ。愛理ちゃんと食べてはどうですか」

「そうですねぇ。それならそうしましょうか。残念ですが、ではまた誘いますから今度は野菊も一緒に食べましょうね。じゃあ愛理、清水の部屋に行きますよ」

「はい」

お膳立てとはまた違うが、そうして二人の背中を私は見送ったのだった。


野菊の受難の日々が幕を開ける。

受難の日々

日が徐々に沈み、仕事までの時間が刻一刻と迫っている。

私は愛理ちゃんと宇治野兄ィさまを見送った後、護とチャッピーを両脇に鎮座させながら一人考えていた。頭に浮かんだあの場面と事に至るまでの経緯を。

さっきのアレは何だったのだろうか。

愛理ちゃんの恋の邪魔をしようとしたから？　いやでも邪魔をしているつもりはないし、そもそも邪魔なんてしたくもないし。

そんな趣味悪くないし。

有り得なくはないけど、もしかして愛理ちゃんが（主人公が）、野菊が邪魔をしていると認識すれば、ゲーム通りの展開になっちゃうとか？

でもこの世界で本当にゲームの通りにいくのか。

色々ズレているし私が遊男になっている時点でそのような展開に至るまでには無理があると思う。

『野菊さんと話しているのを見ているのも駄目で』

しかし、話しているだけで駄目、か。

くぅっ。女子《おなご》の世界はなんて厳しいのだろう。

乙女心は可愛いと思うけれど私本人からしてみれば無茶振り以外の何物でもないわい、という感じだ。

さっきも話しながら思ったが、誰かも分からないんじゃ対策のしようがない。あの状況を見れば宇治野兄ィさまっぽいかな、とは思うが確実ではない。

本人から聞いたわけではないので、憶測《おくそく》だけで判断するのは大変よろしくない。

でもじゃあコレで私がいつもの通りに花魁の皆に接したとしよう。

さてどうなるか。

「………うー…」

まぁどうであれ素直に皆から距離を置くことは当然できないので、しばらくはいつも通りにいってみた方が良いかもしれない。

それで何かゲームの通りに私『野菊』が悪者の立場になってしまうようなことが起きたら考えてみよう。

「野菊ちょっといいか」

「おやじ様?」

廊下からの声に反応する。

おやじ様の声だ。

「ええとあの、どうぞ」

「おー悪いな、仕事前に」

こんな時間になんの用だろう。

確かに仕事ももうすぐ始まるし、と思いながらも戸を開けておやじ様を部屋へと導く。

ズカズカと上がってきたのはいいが、何だ。

部屋の掃除の抜き打ちチェックか！

「？」

とか構える私の視線はジーっとおやじ様の手元へいく。何故か着物でも巾着でも手拭いでもなく、赤と青のただの布切れをその手に持っていた。一体何に使うのだろうか、そんな布切れ。ちょっと気になるぞ。

巾着でも作れと言うのか。

「どうするかねぇ～」

「何がですか」

布を持ちながら顎に手を当て、質問にもなりきれていない質問をしてくる。

いや、そもそも私に向けた質問なのか。

自問自答している気がする。

というか今日訪問者多くない？

「んん～」

「……」

布切れを私の襟元に交互に被せてしばらく思案しているオヤジ。

もうなにしてんの。すんごい真剣な瞳で眉間に皺寄せているけど。

この行動にそんな唸るほどの何かがあるの？

ひたすら無言でそんなことをされている私の頭の上には「？」がたくさんついている。

「あ」

そういえば。

話は変わるけど、いまや私の背はおやじ様の身長を越える一歩手前。それゆえか私の目線はおやじ様の頭にいく。

おやじ様がいつハゲるかを昔皆と予想し合っていたけど、あれ私の勝ちだな。

まだ余裕であるよ髪の毛。

「よし！」

「？」

「じゃあ座敷頑張れよ」

唸っていたおやじ様はいきなり納得したような声を上げると、直ぐにそのまま部屋から去っていった。

は？

「え、何？　ちょっと、おやじ様ー？　今の何ですかー!!」

意味が分からないままに私の声は空気中へと消える。

私の頭の上には更に大量の「？」マークが出現。

目をパチクリとさせ、その後数秒動きを止めたままチラリと視線を横に向け外を見てみれば、吉原の町中の灯《あか》りが点々と点《つ》き始めていた。

どうやらもうすぐ夜見世《よみせ》の時間になるらしい。

そろそろ私も着替えて準備をしなければならないようだ。おやじ様に気をとられている場合ではない。

というか時間って過ぎるの早いなぁ。

一日二十四時間だけど、たまに三十時間になったりしないのかなーとか中学生みたいなことを考えることがある。

休日限定でだけど。

まぁそもそも無理だけど。休日年に二日しかないし。

「ふぅ」

さて、と立ち上がり箪笥から今日着る着物を取り出すことにする。昨日は濃緑地の金蝶を着たから、今回もまた青色の落ち着いたものでいくとしようか。

着物って洋服みたいに何十種類も形があるわけではないけど、柄や色に関しては和服特有の洋服では到底出せない魅力があるから見ても着ても楽しい。

…あ、でも。

そういえば赤とかは滅多に着たことがないな。と、さっきのおやじ様が持っていた赤い布切れを思い出してみる。

赤い色を最後に着たのはおやじ様が『桃の節句だ！』と言って、無理やり女物の着物を着せられたあの時の一度きり。それからも毎年着せられそうになったけど、毎回丁重に断らせてもらっている。

花魁道中の時も、黒地に金の花の刺繍が入った長着に葵《あおい》色の羽織を着たりと色味は明るくない。客の好みに合わせて着物を着る時もあるが、やはり明るい色は着ていない。

「ニャーン」

「もう来る？」

護が仕事前に鳴く時は誰かがここへ向かっているという合図。たぶん今は番頭さん辺りが客の訪れを知らせに来てくれようとしているのだろう。

は、早く着替えなければ。

いそいそと着替えを急ぐ。

私など、花魁達は基本見世には出ず、自分の部屋で客の訪れを待つ。事前に誰が来るのかは妓楼側で分かっているのでその客のための準備をしておくのだが、馴染み以外の客の場合にはそのようなことはしない。

花魁が閨をともにし、夜を過ごしても良いと判断された馴染み客だけが丁重にもてなされる。花魁に馴染みにしてもらうには三度花魁の下へ通わなくてはいけなくて、かつ花魁にその間気に入られなければ門前払い。

私の場合は閨を共にできないので論外なのだが、閨抜きでもお話や芸事を見せるだけ、という条件で馴染みにしている客達がいる。

そんな遊男としては有り得ない条件を呑んでくれている客の皆には、感謝しかありません。

大事にしよう。うん。

ここで一つ今更な遊男事情。

遊男を買えるのは一日何人までという決まりはないが、闇の場合は相手をして良いのは一日一人まで。一日何人もの相手はしない。

それは、妊娠の関係があるからである。

ある意味赤子の種を外部にばら撒《ま》くようなものなので、こちらでの責任が持てない。避妊という手もあるにはあるが確実ではない。女性である客が赤子を産むのは自由だが、その赤子が捨てられてしまう可能性が大きく、更に客である女性の命も時に危なくなるので、むやみやたらにすることはできないのだ。

だから遊男は闇の相手がいない日もある。

「野菊花魁、春日《かすが》様です」

「どうぞ」

私の馴染みの一人である春日ノ冬様。

三ヶ月程前から定期的に私の元へ訪れてくれている。

「この間ぶりね。お待ちになって？」

「首を長くしていたよ。天まで届きそうだ」

赤紫の長い御髪は妙に色っぽくて、気の強そうなつり目の碧眼は本人の性格をそのまま表しているよう。

私のことは噂を聞いて興味本位で買ってみたと言ってくれたのだが、興味本位で花魁を買うなど並みの人間でないことは確か。

「あら、今日は藍《あい》色の着物なの」

「冬の色だからね」

「ふふ、もう。口が上手ね」

座布団の上へ促し座っていただく。

「梅木、箏。雪桜で」

「はい」

今日は梅木が座敷で箏や舞を披露《ひろう》してくれるので私的にはウキウキしている。月に三回しか引込みは座敷に出てはならず、更に秋水の座敷と交代交代で出てもらっているものだから、実際には一月に一、二回しか座敷での梅木を見ることができないのだ。

ええはい、授業参観的な気分ですよ。

やっぱりウチの子が一番よね。とか言っちゃいたいですよ。

私の指示に梅木が頷き、箏を奏で始める。

「ねぇ野菊様、松代とは仲良くしていらっしゃるの？」

「松代と？」

音楽が始まると、それをＢＧＭにして私や客は会話を楽しみだす。

「話を聞けばね『野菊様と今度花見の約束をしたのよ～。あぁ楽しみだわ！』とおっしゃっていたわ。本当？」

「あぁ、春に行う夜桜のことか。ずいぶん先だけれど松代が一番最初に俺との夜桜を希望していたみたいなんだ。まだ一月だけどもう申請が始まっていたのかってびっくりしたよ。冬は誰を希望した？」

「～っ野菊様、それは意地悪です！」

「そうかな」

「……松代には牽制《けんせい》をかけておこうかしら」

松代様は私の馴染みの一人。

松代様と冬様二人の話を聞いている限り、どうやら二人は知り合いらしく。というか幼馴染み？

時々お互いの家に遊びに行くというのだが、その際に話すことは専《もっぱ》ら男についてだそう。

なんともいたたまれない場である。

この二人が友人ということなので、二人に関してはあまり下手なことは言えない。

『冬、好きだよ』と言った日には、松代様が数日後『冬が好きなのですか⁉』と息まいて私の元へやってくる。『松代が好きだ』と言えば、数日後には冬が『松代が好き⁉　この前は…』という感じで来て非常に大変なことになる。

遊郭とは実に三角関係…いや四角、五角関係が多発する非日常な場であると改めて体感した出来事だった。

一つ成長しましたよ私。

「野菊様、女の嫉妬を舐《な》めたらいけませんよ？」

「そう？」

「ええ、そうですとも。恋敵を陥《おとしい》れるなんて恋する女の十八番《おはこ》なのよ。たちの悪い女限定だけど」

「男を陥れるのではなく？」

「女は不思議よね。男に自分の心の刃《やいば》を向けたりしないの。真っ先に邪魔になりそうな周りの女に刃がいくわ」

「君も？」

「私は、そうね。松代に対抗意識はあるわ。でも奴とは正々堂々と勝負なのよ。それが私の刃の使い方。だから今回の夜桜の件に関しては私が出遅れたのが悪かったわ。まさかもう申請していたなんて。負けてられない！」

「君は……」

拳を握りながら明日の空を見つめる冬様の瞳はキラキラと輝いている。

何もう超可愛いんだけど何この生き物。

と心の中で悶《もだ》えながらも冬様の頬に意識が向かう。こんな時はあれだ。あれ。

私は隣に座る冬様の肩を抱き寄せる。

「やっぱり良い女だね」

ちゅ、

「あら、まぁあっ」

頬に接吻をされた冬様は、両頬に手を当ててコレでもかというくらい目をまん丸にして叫んだ。


「じゃあ野菊、風呂ゆっくりな。俺らは隣の脱衣所使って着替えてるからよ。いつでも風呂から上がって脱衣所使って大丈夫だからな」

「はーい」

——チャプーン……。

一人しかいない風呂場に、水の滴《したた》る音が響く。

「はぁ。気持ちいー」

仕事が終わり、深夜も深夜。

この時間、広い風呂場を貸切状態で堪能《たんのう》するのが私の仕事後の楽しみとなっている。なんたって一人しかいないもんね。

お湯は若干ぬるいけど。残り湯だけど。

「……疲れたな」

独り言を呟きブクブクと顔半分を湯に沈め、目を閉じた。

今日の一日を湯に浸かりながら振り返ってみる。

『女の嫉妬を舐めたらいけませんよ？』

冬様の言った言葉が頭から不思議と離れない。

昼間に愛理ちゃんとのことがあったせいなのだろうか。

女の嫉妬と言ったって愛理ちゃんが私に何かをするなんてあまり想像できない。廊下での出来事も、嫌そうな顔を私に向けただけで実害はないし。

「あーもう」

あぁぁ〜。

でも本当なんであの時ゲームの通りの展開になっちゃったんだろう。


「あ、野菊さん」

一人頭を抱えモヤモヤしていると、ガラガラ……とお風呂場の戸が開き可愛らしい声が風呂中に響いた。

「へ？　あっ⁉　あい」

けしてこれは返事ではない。

アイアイサー。とか言うつもりでもない。

私はびっくりして思わず二度見した。

「愛理ちゃん？　あれ、外の銭湯《せんとう》……」

彼女は確か吉原を出て直ぐにある銭湯で入浴をしていたはず。

何故ここに？

「私、今日はこっちのお風呂なんです」

「そ、そうなんだ」

頬に手を当てながら、ニッコリ笑顔で答えてくれる。

「じゃあ早く入ったほうが良いよ。寒いから」

「はい」

「うん、寒いから」

クソッ。なんだか気まずい。

思わず同じことを二回も言ってしまったではないか。

意識しているのは私だけだと思うけど、泣かれてしまった身としては微妙な罪悪感がチクチクと胸に刺さっているのだ。

ガラスのハートかっての。

『あの私、今日はこのお風呂で』

『あぁそう。ならこっち来て入ったら。滑りやすいから手、貸してあげる』

ふと、脳裏《のうり》をある場面が過《よ》ぎる。

これはゲームの中にて、外のいつも野菊と愛理が使用している銭湯が修理のため使えなく、仕方なく妓楼の風呂に入らなければいけなくなったという時の二人の会話。

予想できるだろうが、ここでまた野菊は犯罪に限りなく近い悪さをしてしまうのだ。

それは、

「あの、悪いんですけど……手を貸してもらっても良いですか？」

湯船の近くまで愛理ちゃんが歩いてやってくる。

湯船に入るのを手伝う、ということだろうか。どうやらまだ足首が不安定らしく滑らないか心配らしい。

愛理ちゃんが私に向かって手を伸ばしてきた。

「え？　あぁ」

そう言われて立ち上がり手を差し出そうとするが、私の手は途中でピタリと止まる。

手を、貸す？

もしここで手を貸したら、どうなるのか。

私の記憶じゃ野菊が手を貸した後愛理は、

『バシャンッ』

『う、わ……っぷっつだ、れかっぷっ』

『簡単に信じて馬鹿みたい。苦しいの？』

野菊に手を掴まれたまま湯船へ押し込まれ溺れさせられてしまう。

これは凪風ルートでの場面なのだけど……でも今、何故、どうして。

後にこれはタイミング良く現れた凪風にその場を見られ、野菊は軽い仕置きを受ける流れになっていく。そして数日間主人公は凪風に体調を気遣われたりとラブラブゲージを上げていくのだ。

「……」

というか、私色々なルートの場面を知っているみたいだけど、全ルートを攻略してたの？　どんだけやり込んでたんだ私。

と以前の自分に軽く突っ込む。

「野菊さん？」

ピクリとも動かない私に怪訝《けげん》そうな顔をして窺ってくる。

今私が愛理ちゃんの手を取ったとしよう。

果たして何が起きるのか。

昼間に起きたようなことが起きるんじゃ？　でも。

「っ」

私の身体は頭ではまだ何も理解できていないはずなのに、愛理ちゃんの差し出してくる手を拒んでいる。

湯に浸かっていたはずなのに身体が冷えてくるのは気のせいか。

「野菊さん！」

「う、ん」

でも一《いち》か八《ばち》か、賭《か》けてみようか。

手を貸したとして、私の意志に反して愛理ちゃんを溺れさせてしまうようなことが起きるのか。

それに足首が不安定な女の子を無視することなどできないし。

止まっていた手を再び動かし、愛理ちゃんの手をしっかりと握る。

間違いが起こらないように。

ゆっくりと。

「ありがとう……え、わっ！」

「⁉」

だが愛理ちゃんがこちらへ入ってこようとした途端、足を直前で滑らせたのか、スローモーションのように湯船側へ倒れてくるのが分かる。

はぁ⁉

慎重モードに入った意味なし！

「冗談じゃ、ないっ」

だが、そうはなるものかと私は腕と足に目一杯チカラを入れて愛理ちゃんを反対側へ押し手を離れさせた。

中々指が離れなかったが思い切り振り払う。

「えっ⁉」

愛理ちゃんの見開き顔が驚きに染まる。

よし。これで大丈夫。

と自分の中で頷くも、自分に起きた出来事に気づいたのはもう顔が天を向いた時。

なんと湯船の床の滑りに自分の足のコントロールを取られたのだ。

や！　ちょっ、こ、転ぶぅぅう！　ツルッ。

ゴツン。

バッシャーンッ！

「い、うぶっ」

ガラッ……。

「今の音なんだ⁉　すっげー音したぞ！」

この声は羅紋兄ィさま？

というか、い、意識が遠のいて――。

「おい誰か来てくれ！」

バタバタ。

「愛理？　お前何か俺に用事があったんじゃ……」

「今はそんな場合じゃねーぞ！」

「野菊！　しっかりしろこのバカ！」

すごく身体を揺すられている。

頭も何か痛い。

ていうか馬鹿は余計だ馬鹿は。

私の意識はそれきりフェードアウトしていった。

◆◇◆　◆◇◆

一方。

野菊が気絶という名の眠りに入っている中、周りの男たちは気が気ではなく狼狽《ろうばい》の色を隠せなかった。

「今の音なんだ⁉　すっげー音したぞ！」

元あった脱衣所とは別に、野菊の風呂に入る時間が少しでも早くなるようにと仕切りを新たに作り、風呂場の戸がない反対側の脱衣所で湯上り後着替えながらもゆっくりとしていた天月の遊男達。

ある者は褌のまま床に寝転び、ある者は隠し持って来た酒を飲んで一服していたりと、早く部屋へ上がれば良いものの各々《おのおの》ダラダラとしていた。

いくら屋内とはいえ空気が冷え冷えと身に染みる頃だというのに褌一丁で誰もが平然と歩けるの

は、体温三十六度前後の生き物達が密集して熱気がモワモワと空気中を支配しているせいであろう。

……これを客が見たら百年の恋も冷める。

だが途中、風呂場から『ゴン！』『バッシャーン！』という普通では鳴りそうにない音が脱衣所にまで響き聞こえてきたではないか。

其々《それぞれ》好き勝手をしていた者達はそのでかく響いた音に気をとられ動きが一時停止をする。

瞬きをパチパチと繰り返す朱禾が持っていたお猪口《ちょこ》からは酒が少し零れていた。

『お、おい、何だ今の音』

『見てみるか？』

『野菊入ってるんだぞ馬鹿か！』

居てもたってもいられないもどかしさを感じながらも、男たちはその場から動けない。

何故なら今、野菊が入っている風呂場の戸を開けるのには皆少し抵抗がある。最近…というかここ二年近く彼女とは一緒に入っていないため、今更だが『裸を見る』ということに戸惑いがあったのだ。

散々年頃になる手前まで見ていたというのに、ことさら見慣れなくなるとどうしたら良いのか分からなくなるのである。

本当に今更であるが。

『でもなぁ』

だがやはり心配だ……。と仕切りの反対側へ行き、気詰まりを覚えながらも羅紋達がガラリと戸を開けて声をかけてみれば。

『なんだありゃ』

空間に違和感がある。

彼らが目にしたのは長方形の木の湯船に張ってある湯から『足だけ』を出し上半身が沈んでいる誰かと、何故か手拭いを胸の前で握り締めた裸の愛理だった。

？　何故愛理が？

と戸に手をかけていた羅紋の脳内が疑問で一瞬埋まる。

確か吉原の外の銭湯を使っていたはず。こんな所で何をしているのだ？　と不思議に思うのは仕方がない。

しかし今はそんなことに気をとられている場合ではない。

この風呂場に入っていたのは、今の状況を見れば愛理を除けばあと一人だけ。野菊だったはず。

ということはつまり、あの足だけ出た奇怪なアレは……アレということになる。

「っ駄目だ！」

「痛っつ！　えっ、おい清水！」

戸を開けている羅紋の後ろから顔を覗かせていた清水が、目を見開きその血相を変える。途端、目の前にいる羅紋の肩を掴み後ろへ押しのけ湯船へかけ寄っていった。

「野菊っ」

誰よりも早く、速く、それはもう激しい嵐のように空気を揺れさせて。

まだ状況が良く飲み込めていない他の者からしたら何事だと思う。

またその速さに斜め横にいた凪風は驚き、それよりも少し手前にいた蘭菊はビクリとした。

「兄ィさん……?」

清水は風呂上りに着ていた上質な紺《こん》の単衣が濡れるのも構わず、ザブザブと湯船の中まで入って行き、溺れ沈んでいる彼女を横抱きにして湯から引き上げるべく腕を突っ込む。

横には未だ裸の愛理が恥ずかしそうに立っていたが、気になど留めてはいなかった。

「――っほら野菊、しっかりするんだ」

ザバァッと水音を勢いよく立てる。

しかしその勢いとは裏腹に、壊れやすい硝子《ガラス》細工を持ち上げるよう大切にそっとその両腕に抱けば、必然的に腕の中にいる彼女、野菊の顔が清水の目に入った。

「目を、開けてごらん? 野菊」

まるで抱いた赤子を揺するように身体を動かす。

呟きのような囁くような曖昧な独り言とも捉えられるその声は、驚愕《きょうがく》と当惑の調子がこもり、尚且つ、凪《な》いだ海のような静けさを纏っていた。

長く豊かな睫毛《まつげ》のある瞼は閉じ、陶器のような白い頬は当然、いつもは一つに纏めている黒髪は濡れ水が滴り、流れるように頬へ張り付いていた。

だがその黒髪とは別に頬に流れる色。

それを捉えた瞬間大きく見開かれた瞳は、スっと彼女の額へと向けられる。

赤い液体が、縦に一筋。

ぞくりと心に慄然《りつぜん》とするものを感じ、軽く鋭い戦《おのの》きが足の先まで伝うのが清水には分かった。

温かい者を抱いているはずなのに彼の身体はヒヤリとする。美しい花が手折《たお》られるかのように彼女の手足はダランと重力に従い下がり、薄く開いた紅の唇からは唾液ではない水が流れ落ちていた。

微かに息を認めるが、それでも野菊が無事であるという確かなものはない。

清水は濡れた白い肢体《したい》を更にぎゅっと確かめるように抱き締めた。

「凪風、大量の手拭い持って来い！」

「はいっ」

後を追いかけて来た羅紋が清水の肩越しからそれを見て唖然とし、悲鳴にも似た声で叫ぶ。

野菊の頭から血が流れ落ちていたのだ。ポツリポツリとそれは風呂場の床、清水の腕に滴っていき止まることを知らない。

これはうかうかしていられない。

その声に急ぎ洗濯場まで走る凪風に続いて、清水は足早に皆がいる脱衣所へと野菊を運び、木の床へとそっと横たわらせた。

屋内とはいえまだ冷える。

誰かがクシャミをするのが聞こえた。

「清水兄ィさん、とりあえず冷えるし身体を拭い………ってお前ら見るな！　散れぃ！」

野菊が着るはずだった単衣と手拭いをカゴから取り出し持ってきた朱禾が近くに座り、ハタと気づいて声を出す。

今更だが野菊は真っ裸。いつもはサラシをして胸あたりを潰しているが、そんなものが今着いているわけもなく。野次馬のよう……とは心配している皆には失礼だが、周りには男達が群がっている。裸の娘の周りに、だ。

非・常識的なこの光景。

良からぬことを考える輩《やから》がこんな時に限っていないとは思いたいが、彼女のこの姿を見ている限りちょっと無理そうである。大人になっ……。

「フゴッ」

「良からぬことを考えたらどうなるか、分かるよね」

向かい合っている清水に何かを察知され、顔面を拳で殴られる朱禾。飛び上がる程に痛かったが、野菊の体感した痛さには到底及ばないか、と半ば冷静に拳を受けた鼻をさすさすと擦る。幸い鼻血なんてものも出てはいない。

そして殴った当人は軽く拭いた野菊の体を、藍色の単衣を被せて見えなくする。頭から流れる血は一枚の手拭いで流れるのを押さえた。

「野菊大丈夫か！」

次にここへ来たのは楼主の龍沂だった。

「この馬鹿っ何度風呂で溺れれば気が済むんだお前は！　しっかりしろ馬鹿！」

「おやじ様、どうして」

「蘭菊と宇治野に呼ばれてな」

「すいませんっ、遅くなりました。大丈夫ですか」

「羅紋兄ィさん！　包帯と手拭いです」

凪風が両手にいっぱいの大量の手拭いと、懐《ふところ》に包帯の束を入れて帰ってくる。

「ありがとうな。うし、手当て始めるぞ……清水」

そんな凪風の頭をポンポンと撫で、彼からそれを受け取ると朱禾に場所を移動してもらう。そして空いたそこには自分が座り、向かいに手拭いで傷を押さえている清水の手を見て、羅紋がそっとその上から手を置いた。

「大丈夫だ」

「……あぁ」

友人の言葉にそう頷きながら、もう片方の手を野菊の白い頬に置く。戸惑うような曖昧《あいまい》な笑みを浮かべながらも、顔に暗鬱《あんうつ》な陰影がかすめているのは隠しようがない。

「でも羅紋、怖くて堪らないんだ。またこの子を失う、か………と………？」

「兄ィさん？　どうかしたんですか？」

まだほんのり赤みのある頬を撫でる清水の手がピタリと止まった。

瞳は彼女の方を向いたまま、まるで彼だけ時が止まったような感じで動かない。つい先程まで感情が読み取れていたその顔には、形容のできない妙な表情が浮かんでいた。

羅紋の斜め後ろにいた朱禾がその様子に不思議そうな顔をする。

羅紋はすでに治療に入っており会話には混じっていない。

「愛理、何があったんだ？」

「おやじ様……」

風呂場の中から脱衣所の様子を覗き見ていた愛理に龍沂が気づき声をかける。

「そういえば何で愛理がこの風呂使ってたんですか」

不思議に思っていた蘭菊が、血で濡れた手拭いを桶に浸けながら聞く。どうやら疑問に思っていたのは羅紋だけではなかったようだ。

「今日銭湯が使えねぇからこっちだったんだコイツは。設備点検？　だったか？　一日休みなんだとよ。それで話を戻すが、ここで何があったんだ」

「それが、野菊さんがいきなり立ち上がったと思ったら、床の滑りに足をとられたみたいで後ろに……そのまま」

「はぁぁー」

龍沂の何年分かの溜め息が冷たい空気中に吐き出される。

「つーかお前早く単衣に着替えたほうがいいぞ。ここ男連中しかいねーんだから裸でいられちゃあ」

「………」

いつまでも裸のままでいられても困るのでそう愛理に話し掛けた蘭菊だが、当の相手からは反応が返ってこない。

怪訝に思い彼女の顔を見れば、その視線はある一点に向けられていた。

「清水兄ィさん具合でも？」

「いや、大丈夫。でも何か」

未だ意識が戻らない野菊の顔を見つめて、清水は顔を横に傾ける。

今度は不思議そうな表情をして。

「どうしました？」

グルグルと包帯を巻く羅紋の隣で野菊の傷の具合を見ていた宇治野は、清水がいる反対側へ行き、近くに寄り彼の肩に手をかけた。

「野菊なら大丈夫ですよ。血は結構出ていましたが幸い針で縫うような傷ではありませんでした。偶然血が沢山出てしまう所に傷を付けてしまったようです。ただ頭を強く打ったようなので…」

「ちょっと待て宇治野！　まさか愛理みたいに記憶飛ぶとかないよな？　ないよな⁉」

「落ち着いてください。俺だって心配なのですから」

手当てをしながら話を聞いていた羅紋が手を止めて宇治野に詰め寄った。

その様子を見つめている愛理に、龍沂は彼女を見て言う。

「蘭菊の言う通りだ。男の目があるから裸でいられちゃ困る。野菊も宇治野があぁ言ってるんなら大丈夫だろう。今日はもう休め」

「……」

「愛理？」

龍沂にそう言われた愛理は、それに返事をすることはなく手拭いで体を隠しながら向こう側にある脱衣所の方へと消えて行く。

「あれ、愛理って部屋に戻りました？」

「ん？　なんだ、用事でもあったのか？」

それと同時に遊男の一人が愛理を探して龍沂の元へやってきた。キョロキョロと辺りを見回して探している。

「いや用があるからと言うもんで、脱衣所近くで待ってたんですよ。したら野菊があんなになってしまってたんで吃驚しましたわ」

「そうか。あいつなら今、ほれ。あっちの脱衣所に向かったぞ。まぁ後にしときな」

「そうですねぇ」

その遊男が脱衣所に向かい歩く愛理の後ろ姿を見て頷く。

「……」

またそんな彼女の姿を、銀髪の青年が遠くから見つめていた。

◆◇◆　◆◇◆

最近はこんなことばかり。

一体何度倒れれば気が済むのだろう。

「ん、」

この前とのデジャブを感じながら目が覚める。

一番最初に目に入ったのは木造の天井。仰向けで寝ている私の場所から見える陽の光の位置を確認し、窓のありかを計算すれば、ここは私の部屋だ。そしてこの覚めるような太陽光は夕陽ではなく朝陽。真冬の陽が静かに部屋の中へ降り注いでいる。

……朝か。

仰向け状態、寝っ転がったまま額を右手で押さえこみ冷えた肌を温める。

『はぁ～』と溜め息を吐けばいつものように白い息は出ず。え？　と思えば若干部屋が暖かいことに気がついた。

耳を澄ませばパチ……パチ……と音が何やら聞こえて来たので、目をそちらに向けて見ると火鉢《ひばち》が私の寝ている布団の右隣に置いてあるではないか。

なるほど、暖かい原因はこれだったのね。

誰が置いてくれたのかな。

というか誰が寝かせてくれたのかな。

――ズキッ。痛《い》ったい‼　頭がズキズキとして痛い！

頭の痛みに眉毛がぴくぴくと動くのと同時に、脈がドクドクとうっているのが耳の奥に聞こえる。

そういえば私は頭を打ったんだっけ？

打ちどころが悪いとかないよね。

血管切れたとかないよね。

頭に包帯みたいな物が巻きついている感覚がするけれど、こんなものを巻かなきゃならん程の傷でも作ったのか、おい。

冗談じゃないぞ。

このまま仕事なんてできるかって。

と、危惧《きぐ》の念を抱かざるを得ない。

「大丈夫か？」

「？」

「気がついたな。良かった」

痛みと不安感に目を瞑り唸っていると、左横から声がした。心配するような声が。

私以外の人間がこの部屋にいたのかと驚きビクリとし、そのお陰で瞑っていた目を再び開く羽目になった。

誰だろう、と眉間にシワを寄せながら恐る恐る顔を反対側へグルリと倒して視線を向ければ、

「心配したんだ」

「秋水？　どうしたの」

秋水が単衣の上に袢纏《はんてん》を羽織った姿で、横にちょこんと鎮座していた。

首には手拭いを巻いている。

「どうしたって……聞いたんだよ蘭菊に。お前が頭に怪我したって。相変わらずしょうがないやつだな、本当。いい加減お転婆《てんば》も程々にしてくれ。安心して仕事もできないぞこっちは」

「蘭ちゃんが、ねぇ」

蘭菊はすぐに人に喋るからな。

生理の時もそうだったけど。

『この馬鹿！』

そういえば私が気を失う直前、私のこと「馬鹿」って言っていた奴がいたな。

気のせいでなければ蘭菊の声だったような気がしなくもない。ハラワタがちぎれるほどに悔しくて腹立たしい。あの野郎。

ま、まぁ心配してくれていたのかもしれないけど。

「髪の毛、濡れてる」

「さっき風呂に入ったばかりだからだ」

あぁそうか。

昨日秋水は閨だったのね。

どうりでちょっと気怠《けだる》い雰囲気をしていると思った。

黒に近い青い綺麗な髪が水気でしっとりとしている。

あ、水に濡れているから黒く見えるのか。じゃあ、風呂に入って出たばかりということは今の時間は大体朝五、六時ぐらい。ん？　蘭菊お前いつ教えたの。五時に客が帰るのに、お前五時にわざわざ起きて話したのか。

「はは……は」

どんだけ話したかったのだ、と少々苦笑いで乾いた声を出してしまうのは仕方がない。

「チャッピーと護は？」

「チャッピーならそこで寝てる。護は分からない。猫は基本自由だからな」

指で指された方を見れば、火鉢の裏側にある座布団の上に布を被りながら温々《ぬくぬく》としている蛙の姿があった。

もはやアイツは人間だと思う。

しかし護はやっぱり何処かへお出かけしていたか。

大体予想はついていたけど、多分他の花魁のところに入り浸っているのだと思う。

「お前、昨日の約束覚えているか？」

「昨日は……あ、今日簪《かんざし》屋に行く約束」

「今日は行かなくても良い。また今度行こう。急ぎじゃないからな」

「今度、か」

包帯に巻かれた頭を撫でながら安心させるような笑顔で言われる。ちょっと申し訳ない。

秋水との約束は今も昔もほぼ守れていたことが少ない。大抵私が悪いのだけどね。寝坊したり、具合が悪かったり、出かけている場合ではない急用ができてしまったり、などなど。

今回はこんなワケだけれど、一緒に買い物か。

『花魁の人と距離を――』

私は心に気の滅入《めい》る魔物か虫かを飼っているような気分になる。

このまま皆と変わらずにいてよろしいものなのか、なんて。

私はあのとき、風呂で愛理ちゃんの手を取った。あのままではゲームの展開通りになるかも分からないし、何よりもう一度確かめたかった。状況が似ているからと言って必ずしもその展開通りになるなんて、そんなこと、ないと思ったから。

でも違った。

あともう少し自分の判断が甘かったらゲーム通りになっていたかもしれない。

愛理ちゃんが湯船へ倒れそうになったとき、私は頭が真っ白になりそうだった。

反射神経良くて助かったよ私。

だがこれである程度分かったことがある。

このまま愛理ちゃんに関わっていれば、ほぼ八十パーセントか九十パーセントの確率で私が意図せずして彼女を傷つけてしまう可能性がある。それは精神面だったり身体面だったり。

何より花魁の皆と関わることで愛理ちゃんの不興を買うことになるのなら、その反動がどこかしらで出てくるかもしれない。

というか、そもそも一日の間に色々あり過ぎだと思う。

こういう事態は『あれから一週間～』みたいなナレーションで始まり物事が起きるのが常で、起承転結もクソもない。

痼《しこり》に触れられたように、楽しむことの決して無い沈んだ気分がグルグルと腹の中で回る感じがする。

「でも秋水、今日行ってきちゃいなよ。私のお金も渡すから、私からの分の簪――いや、それは自分で行くことにする。あ、ほら、行ける時に行かないとさ」

「だから今度にしようって言ってるんだ。お前が行ける時に」

渋い顔をされる。

なんだか聞き分けのないお子様みたいに思われている感が否《いな》めない。

「だって」

「そんなに俺と行くのが嫌なのか？」

ワントーン低く沈んだ声で言いながら首を傾げてきた。

くぅう、そんな顔をしないで欲しい。

そんな今にも捨てられそうな、目の端を垂らして、秋水にしては珍しい請《こ》うようなそんな、そんな。

「いっ嫌じゃない！　嫌じゃない！　全然嫌じゃない！　何馬鹿言ってんの馬っ鹿だなぁハハハハ」

寝ていた上半身を素早く起こして、秋水へ向かい大げさに両手をブンブンと振るう。

冬なのにヒヤ汗が顔にふいてしまった。

「ハハハ」

いや本当、今更そう簡単には皆からすぐに離れられない。

こうして遠ざけようにも、遠ざけられた本人が嫌な思いをしてしまう。

た、多分。

こうさりげなく、さりげな～く遠ざけることはできないものか。それかこの際交友関係を広げてみるとか。

普段は花魁の皆とか兄ィさま達といることが多いから、飯炊きの皆や新造の子達、花魁ではない遊男達と沢山話したり過ごしてみるのも良いのかもしれない。それが多ければ多いほど花魁の皆との時間はきっと減るし、約束事も他の皆との予定が入ればすることは少ないだろう。

溜め息をもう一度吐く。

晴れぬ気持ちが息と共に出て行ってくれれば幸いだが、残念なことに変化は一ミリもない。

「なら」

「うん、行くよ。傷が良くなったら行こう。こんな包帯巻いて街の中なんぞ歩きたくないしね」

「あぁ。約束だ」

「うわ！　でもどうしよう、今日私このまま座敷に出なくちゃいけないよね？　お客に失礼じゃない？　変でしょ包帯頭に巻いた花魁なんて。取れないかな」

「大丈夫だ。そんなもん巻いていても様になってるから、客もいつもと違うお前が見られて嬉しいだろ」

「えーなにそれ。分かんない」

これで約束は最後にしよう。


「頭はどうだ。やっぱり痛いか？　まぁ痛いよな」

「たまにズキリとするくらいで、なんとも。傷はどんな感じですか？」

「浅く切ったみてぇだから針で縫うほどじゃねぇぞ。でも出血が多かったな。切ったところが悪かった。それに強く頭打ったのか、髪の毛で見えねぇだろうが地肌見ると痣《あざ》が酷い」

秋水が部屋から去った後。

一時間程でおやじ様が私の様子を見に部屋へとやってきた。

「おやじ様、すいませんでした。いくら不注意とはいえこんな傷を作って…。仕事に支障が出るようなことを」

「まぁなぁ。基本休みは取れねぇ仕事だ。お前が作りたくて作った傷じゃねぇことは分かってる。昔っから危なっかしいからな」

「あ、アハハ」

おやじ様は今私の傷の具合を見てくれている。

聞けば傷は幸いそれ程でもなかったようで安心した。不幸中の幸い、悪運強し、だな。

それなら包帯を取って仕事をしても良さそうだ。そこの部分が瘡蓋《かさぶた》になってくれるのであれば、あとは自分の治癒力に任せるしかない。

「いいか、本当に頭が痛くて無理そうだったら直ぐに座敷の新造に言え。下がらせてやる。馴染みではない客が来たら相手はしなくてもいい。花魁はそうしても良い権利があるからな。馴染みの場合はそうはいかんが」

「おやじ様ありがとうございます。でも良いんです。私は皆より我が儘を聞いてもらっていますから。仕事を休めない他の遊男達に顔向けできません」

ただでさえも、閨ができないポンコツな遊男の私。しかもそんな奴が花魁。

いくら芸事ができ、何十の手管を会得していようとも埋められないものがある。そんな私を花魁にしたおやじ様もどうかとは思うが、それを受け入れた私も私だ。

「でもなぁ」

おやじ様は困ったような顔をする。

引き結ぶ口の横のシワが少し増えた。

「凪風です。入ります」

「清水です。おやじ様、野菊失礼します」

おやじ様との会話がちょうど途切れた瞬間、空間を裂くように戸を開けて二人が現れる。

あらま、世にも珍しい組み合わせだ。

この二人が並ぶなんてあまりなかったような気がする。

どっちかと言うとやっぱり秋水・清水兄ィさま、凪風・羅紋兄ィさまのコンビかな。見かける率としては。

しかし二人して一体どうしたというのか。

……あ、お見舞いか。

清水兄ィさまは火鉢の隣に、凪風はおやじ様側に座り込む。

途中、眠るチャッピーに気づいた兄ィさまがクスリと笑う姿が見えた。

「なんか珍しい組み合わせですね」

「ちょうど廊下で出くわしたんだよ。向かう場所は同じだったみたいだから一緒に、ね」

「あのさぁ野菊、何で転んだの？」

単刀直入に聞くけど的な感じで凪風に質問をされる。

聞いてどうするんだそれを。

おやじ様の隣に座ったそんな彼はジーッと私を見てくる。

労る気はないのかちょっとは。

「？　愛理ちゃんの手を取って、ほら、足がまだ不安定だったみたいでさ。手を貸してたんだけど、やっぱり倒れ込んできちゃって」

「で？」

いや、で？　って。目が据《す》わっているよ怖い。見舞いする人って普通病人労るよね。職質？　職質なんですか？

見舞いではないということですか。

「めいっぱいそれを押し返したら、今度は自分が転んじゃったよ。あっはっは」

「そう」

「全く馬鹿だ……ん？」

何かを納得した凪風の隣で話を聞いていたおやじ様が首をかしげる。

「――おやじ様。生意気を言うようで悪いですが」

「ん？　どうした清水」

「愛理をあまり遊男に近づけさせないでください。ただでさえ裏方がこの階に来ることや遊男との馴《な》れ合《あ》いには危ないものがあります。それにあの子は女です」

「あの兄ィさま。ちなみに私は、」

「何かを勘違いされて困るのは誰でしょうか」

ちなみに私は一応女です。

なんていう冗談の隙もなくそう言い切る。

彼女を遊男に近づけさせるな？

まさか兄ィさまがこんなことを言うなんて予想外だ。愛理ちゃんとの関係は少なからず悪いものではなかったと記憶しているが、違ったのか。

言いたいことはうっすらと理解できるけれども、一体兄ィさまの中で何があったのだろう。

今の話の中で愛理ちゃんが私や皆に何かをしたなんて特に何も言ってはいないのに。

「では、これで私は失礼します。……野菊」

「はい」

「座敷ではしっかりね。また来るよ」

え、また来るのですか。

固まる私に手を小さく振りながら退室していく。

この部屋に来てまだ十分も経っていない。

もしやそれを言うためだけにわざわざここまで来たというのか。

部屋に残っているおやじ様はそんな兄ィさまを見て小さく溜め息を吐いた。

「あぁ言われてもなぁ」

「僕もそうした方が良いと考えています」

「えぇぇ!?」

ギュンと首を思い切り彼の方に向けて大口を開けてしまった。

今日一番の吃驚だよ。愛理ちゃんのこと好きじゃなかったのかよお前。

それか他の遊男達に取られるのが嫌だから来て欲しくないとか？　それならまぁ分からなくもない気はするけど。

「もともと女が働いてはいけないという理由はありませんが、ほとんどの妓楼が女を雇わない理由は分かっていますよね、おやじ様も」

「そりゃな」

「彼女も年頃です。少し気をつけた方が良いかと」

事の成り行きをオロオロと見守る私の手は、意味もなく宙を彷徨う。

そもそも愛理ちゃんが皆との関わりを断つということができるのか。

もう彼女は誰かに恋をしてしまっているし、どんな形にせよ皆と関わってしまうだろう。

私が体感したゲームの強制力的な無理やりな何かが起きると考えてもおかしくはない。

この小さな妓楼という世界の中にいる限り。

『あはは、ノギちゃんは――』

きっと昔の、記憶をなくす前の彼女だったなら、こんなことを言われてしまうことはなかったかもしれない。なんて思うのは、昔の彼女が恋しくなったせいだからなのだろうか。

◆◇◆　◆◇◆

「まぁ野菊様！　その頭はどうしたのですか⁉」

「ちょっと、転んでしまって」

今日のお客様は松代様。

部屋へ案内された彼女は私を見て開口一番にそう叫ぶ。

「そんな、ちょっと、まぁ！」

「あはは……ごめんね」

「横に！　横になってくださいまし！」

「え」

膝の上をポンポンとされながら言われる。

いや『ポンポン』ではちょっと表現は甘い。

ベッシベッシ！　と手のひらが赤くなりそうな勢いで自分の膝を叩いている。

鬼気迫るような。

「それはえっと」

「膝枕、ですわ」

ベッシベッシ！

はい。だいたい予想はついておりました。

未だ真剣にバシバシと膝を叩いている松代様。

「そ、それはできないよ松代」

「好きなお方に膝枕をするのは、女子の夢なのです。たまには私に貴方様の身を預けて欲しいですわ。我が儘を聞いてくださいまし」

地味に焦る私が首を振り断れば、我が儘とは言えない我が儘を言われる。

この人ホントに欲があまりない人だなぁと常々思う。

最初の頃は『閨をさせてみせる！』と息まいていたというのに、……いやそれは今も変わらないが。

要求が至ってシンプルなのだ。

え、これで良いの？　みたいなやつばかり。

「松代は、それでいいの？　俺が言えることではないのだけれど」

「うふふ。以前は他の妓楼に通っていたのですが、何故かあまり私の気性には合わなくて。やりすぎというくらい私に愛を囁いたり尽くしてはくれるのですがどうも……嬉しいのには変わりないのですが」

「野菊様は、なんと言うかあまり、好意を全面的に出すことはないでしょう？　閨こそはありませんが、ふとした瞬間に心に一歩入って一粒の愛を伝えてくださる。芸も素晴らしく、義務ではなく私との時間を楽しんでくださっていることが少し分かります。吉原に来る女は大抵の者がこれは恋のごっこ遊びだと自覚しています。しかしながら、ごっこ遊びだとは分かっているのですが、この野菊様との微妙な線のやりとりが楽しくて仕方ないのです」

綺麗な笑顔が咲く。

そんな言葉は私にはもったいなくて、眩《まぶ》しかった。

恋のごっこ遊びだと彼女に言わせてしまった自分が不甲斐《ふがい》なくて。

そんな自分に意気消沈した日の夜。

「わぁっ、たったかい高いぃ！」

お願いです神様。

こんな場面愛理ちゃんに見られませんように。

だって見られたらお終《しま》いな気がするのです。

お願いだから私なんかに構わないでください本当。後生《ごしょう》ですから。

「背は伸びても相変わらず軽いね。ちゃんと食べている？」

あははー軽いなーと笑いながら、腕の上に私を乗せて部屋の中を歩く清水兄ィさま。力持ちだ。

仕事を終えた私の部屋へと訪れた彼は、昼にした『また来るよ』という宣言通り、早速いらっしゃった。

明日とか明後日とかだと思っていたのに。

『夜遅くに失礼。座敷は大丈夫だった？』

『え』

そんなナチュラルな感じで戸を開けた兄ィさま。

吃驚して座布団から座ったまま動かない私の近くに来たと思えば、やすやすと身体を両手で持ち上げられ何かペットのように連れ去られた。

猫の扱いに近い。

もっと言えば私の護の扱いに似ている。

よーし、ほらほらおいで~よいしょっと。みたいな。

「廊下に出るのですか？　寒いですよ⁉」

「くっついていれば暖かいよ。ほら星が綺麗だ」

持ち上げられたまま部屋を出て二階廊下にある濡《ぬ》れ縁《えん》まで来る。

濡れ縁とはベランダのようなバルコニーのような場所で、まぁ胸下くらいまである柵《さく》があり、床が半分外に出ている感じの場所だ。

雨ざらしになっているからこのような名前になっている。

もう夜見世が終わった吉原の町は明るくなく、そんな場所で空を見上げれば満天の星が瞬いていてキレ……いやそんな説明がしたいのではなく、

「ん」

「お、落ちてしまいますって兄ィさま！　怖！　あぶっ危なっ」

油断していれば予告なしにその柵の縁の上に乗せられた。柵は揺れていないのに、船に乗っているようにユラユラと身体が揺れる。

それに木がミシッといった音が聞こえたような気がするんだけど。

全然軽くないよ私。

ていうか、いい眺めかもしれないがここは二階。

手すりもないのに何故こんなところに座らせるんだ。

不安定でしょうがないじゃないか。

安定のために掴める物と言ったら目の前の兄ィさまか、自分が腰をかけている木の板にしがみつくしかできない。

そもそも手はガッチリと掴んでくれているから心配はないのだけれど。

私と兄ィさまの身長差は、多分十五センチくらい。

柵に座れば丁度兄ィさまの顔が私の顔と同じ高さになる。

下を向けば自分の腕が目に入った。

いつかのように手は握られたまま、離してはくれない。

というか離されたら寧ろ終わるぞ。

腰に回された左手は、私が落ちないように支えてくれている。

「ええと」

「大丈夫。離さないから」

あ、の。そうじゃなくて。なんか気恥ずかしいのですが。

そう俯《うつむ》いていると頬に兄ィさまの手が添えられて、クィと前を向かされる。

促されるように仕方なく前を見れば、近い距離には相手の顔があり覗き込むように瞳を見つめられていた。

「う、わ」

間の悪いような心持ちと、身体中にこみ上げてくるくすぐったい思いに首が竦《すく》む。

いっいかん、いかん。と私も気を取り直し負けずに見つめれば、星の光が兄ィさまの瞳の丸い夜空に映っているのが見えた。光瞬く黒の輝きは、誰にも汚されない雄々《おお》しさが見え隠れしている。

するとそれに引き寄せられるように、もっと近くにと無意識に顔が前に出てしまう。

そうすれば視界の上にチラついたお互いの黒い前髪がサラリと当たりそうで当たらなくて、その感触にくすぐったくなった。

肩を揺らした私に目を細めた兄ィさまは、視線を左に逸らすと、新月のような淡くもの静かな笑みを見せる。

「このまま一緒に足抜けでもしてしまおうか」

「は、えぇ!?」

そしてそっと顔を横にずらし、耳元で内緒話でもするようにそう言われた。

一瞬何を言っているのか分からなかったが、その意味を理解した途端、私は素《す》っ頓狂《とんきょう》な声を上げ金魚のように口をパクパクと動かしていた。

「それは、じょ、冗談ですよね」

「ちょっとは怖くなくなった?」

やや?　怖がらせないためのホラを吹いただと?

この花魁様は全く……。

冗談にしてはタチの悪い。足抜けとは遊男がこの遊郭、吉原から脱走するということ。

なんともないことのように言うから恐ろしい。

仕返しとばかりに兄ィさまの肩をバンバンと叩く。

「もうっ兄ィさま！」

「まぁまぁ。本気でこんなこと言わないから安心して。逃げ続けるだけの人生なんて野菊には似合わない」

そう言って頬から手を離し、私の両脇の下に手を当てると、

「だっから高いですってぇ！」

「ふふ、高いたかーい」

なんか笑顔で高い高いをされた。

◆◇◆　◆◇◆

ギシと歩く足に踏まれた床板の軋む音が廊下に響く。

「貴方は何か知っているんですか」

清水の部屋の前で立っていた凪風は、今しがたこの夜更けに部屋へ帰ってきたその男を見て怪しむような視線を向けた。

対する清水は凪風が何のことを言っているのか分からないようで、目をパチクリとしている。

「吃驚したな。何か知りたいことでもあるのかい？」

「じゃあ質問を変えます。愛理を近づけないようにおやじ様に言った理由はなんですか」

「それは、昼間に言った通りの理由だけど。けれど別に愛理が嫌いなわけではないからね。気をつけた方が良いんじゃないのかと思っただけだよ」

「あぁでも、野菊が怪我をして、湯船の隣でただ立っていた彼女を一瞬見て初めてこう思ったんだ」


『　　　　』


そう心の奥で。自分だけれど、自分ではないような声が。

「なんてね」

それだけ言うと、清水は自分の部屋へ入っていく。

部屋へ入る瞬間、横目で凪風を見て何かを思案し少し彼が気にかかるようだったが、もう夜も遅いため茶に誘うことはしなかった。

そして廊下に一人残された凪風は、もう古くなった木の床を見つめて静かに佇《たたず》んでいた。

表情は穏やかなのに彼の右の握り拳には力がこもり、ただただ力が入るばかりだった。

「だから前世《むかし》も来世《いま》も、僕は貴方に敵《かな》わないんだ」

◆◇◆　◆◇◆

二月に入り、寒さのピークも過ぎようとする頃。

「十義兄ィさま、おはようございます！」

「お前らの場合は〝おそよう〟ございます。だろ」

「あっはっは、言えてるな。野菊さん、おそようございますー」

「利吉《りきち》さんまでそういうこと言う！」

起床して食堂へと向かえば、朝餉《あさげ》の良い香りが漂っている。

飯炊きの人達が遊男達のために毎朝早くから仕込みをして、美味しいご飯を提供してくれているのだ。十義兄ィさまが調理場に立つ姿も何年もすれば見慣れたもので、一日の始まりにこうして食堂で会うことが楽しみとなっている。

未だに呼び方は『兄ィさま』だけど、そのほうが良いと言ってくれているので躊躇《ためら》わず呼ばせていただいています。

「朝飯は魚でお願いします」

「あいよ！」

ご飯のお菜が今日は魚か山菜なので、私は魚を選択し空いている場所に座って出来上がるまで待つことにする。

食堂を見渡せば私以外には三人ほどしかいなく、まだ起きている人は少ないようだった。

……まぁ、それを狙《ねら》ったのだけれど。

「あの野菊兄ィさま、お一人ですか？」

「うん？　一緒に食べる？」

「はい！」

座りながら広い畳の上で足を伸ばしてブラブラしていたら、禿の子に声を掛けられた。後ろから声を掛けられたので、振り向いて一緒に食べようと誘えば元気な返事が返ってくる。

一人でのご飯は寂しいとちょうど思っていたので嬉しい。

「となり、失礼いたします」

「はいどうぞ。あ、ほらほら、足痺《しび》れちゃうから伸ばしな？」

正座で座り出したので、自分の伸ばしている足をブランと見せながらそう促す。

「兄ィさまは山菜ですか？　おさかなですか？」

「私は魚だよ。睦月《むつき》は山菜でしょう？」

「えへへ、お野菜大好きなので」

この子は梅木より三年あとに入って来た男の子。名前は睦月。一月に産まれたからこの名だと言う。

引込禿ではないが、毎日一生懸命芸事を習い励んでいると他の兄ィさま達からは聞いていた。朱禾《あかのぎ》兄ィさまの下に付いており、よく一緒にいる姿を見かけることがある。

既に他の花魁の下には違う禿や新造が沢山いるため、花魁の次に稼ぎが良い者が基本は禿を受け持つことになっており、その条件に当てはまる朱禾兄ィさまに付くのが良いということになったのだ。

お分かりだろうが、もちろんあの蘭菊の下にも禿や新造が付いている。時間になれば其々に指導して一人前になるまで面倒を見るのが基本。

禿や新造が成長する過程において、大量のお金が必要になるのだが、それを負担するのは妓楼ではなく兄遊男なのである。

日々の食費や支給されている単衣などは関係ないのだけど、稽古で使用する三味線や箏、筆などは兄遊男から与えられることになっていて、新造が一人前の遊男になる際の費用も着物を始め何から何まで全部兄遊男が出す。

なので、禿や新造を抱えるということは、並の遊男にはできないことなのだ。

ちなみにおやじ様が『着物を仕立てる』と言い出す時は、それはおやじ様がしたいからしているとのことなのでその分の費用は妓楼側で出していると言う。

私の時は花魁の兄ィさま三人が出してくれていたようなので、三分割だったらしい。

昔よりも禿や新造の数が増えているのか、こんなに妓楼に人がいるのは初期の頃以来だとおやじ様が言っていた。

確かに私が入った頃は禿も私を含め四人しかいなく、その四人が引込みになる前に他の禿を見つけるのに苦労していたからな。

他の妓楼も禿は一人二人と聞いていた。

それなのに今はどこの妓楼も禿が五人以上は必ずいるという。

世の中は一体どうなっているのだろう。

ゲームではそんな妓楼や吉原の事情なんて詳しくやっていなかったからよく分からない。

そして三月になれば私の下には梅木以外の新造、禿が付く。

新しくまた入ってくるのだ。

それまでは他の花魁の下の者の面倒を手伝うことになっていて、この睦月にもついこの間書道を教えたばかり。

上の花魁と一緒に教えるのではなく、自分の部屋へと呼び指導する。やっていたことは私が小さい頃していたものと同じだ。だが違うのは、引込みではないので座敷には出てもらうし、客とは必要とあらば話すという点。

ぶっちゃけ引込みより色々先にデビューさせられるので、この子達には心の準備も暇もない。

「おぅい、できたぞー野菊。取りに来い」

「わー」

「睦月は山菜ほらよ」

「いただきます！」

渡し口から受け取り、早速正座をして行儀良く食べる私。胡座をかいても良いのだけれど昔ちょっと注意されたのでやめている。

睦月はいつも通りに正座で食べ始めていた。元から行儀が良い子だけど立派だと思う。

私なんてどう楽にできるかしか考えていない。

「えっらいなぁ」

「兄ィさん」

感心しながら煮干の出汁《だし》がきいた味噌汁をズズッと味わっていると、声をかけられてトントンと肩を叩かれた。

「野菊兄ィさん、おはようございます」

「あ、梅木おはよう」

お膳を両手で持った梅木にニコリと眩しい笑顔で朝の挨拶をされる。

笑顔もそうだが金の髪もキラキラと眩しい。

「隣良いですか？　僕も今から飯なんです」

「構わないよ全然。梅木は魚？」

「ええ。兄ィさんと一緒ですね」

彼のクルクル金髪だった髪は、年が経つにつれ落ち着いて来て緩いウェーブになってきた。

「梅木さん！　おはようございます！」

「はは、元気だなぁ。睦月おはよう」

小さなお口をこれでもかと開けてすごくハキハキと挨拶をしだすおチビちゃん。ほくほく顔で、こちらも瞳のほうがキラキラと眩しい。

睦月はどうやら梅木に憧《あこが》れているらしく、いつか梅木のような新造になるのだと目標を立てているらしい。

今現在引込みが梅木だけなのもあり、特別感漂う引込新造の彼に憧れているようだ。もちろんそれだけで憧れているのではなく、厳しい稽古もこなすし梅木の落ち着いて華《はな》のある煌《きら》びやかな舞はおやじ様のお墨付き。

人柄も、接していて分かるが優しく真面目で良い子だ。

今更なんだけど、こんな良い子が私（と秋水）の下に付いているなんて逆に申し訳ないくらい。そんな良い子の梅木は、お膳を私ら二人の前に置くと睦月の頭をポンポンと撫でる。撫でられた方は嬉しいのか目がウルウルし頬が紅潮していた。

もう可愛い。

「ふふ、睦月照れてる。しかし梅木はいつも朝早いよね」

「まだ仕事という仕事はしていないのでしょうがないです。それより野菊兄ィさんがこの時間に起きていることが不思議です。眠くはないのですか」

「ちょこっと眠い」

「毎日朝餉を一緒に食べれることは嬉しいのですが、身体は大切にしてくださいね。ただでさえも兄ィさんはいきなり倒れることがおお――」

「う、梅木ぃ～！」

箸を茶碗の上に置いて、向かいにいる梅木に抱きつき頬をスリスリする。

「そんなにしっかりしちゃって、もうっもうっ」

「兄ィさん。頬っぺが痛いよ」

本当に私（と秋水）の下に付いていて申し訳ないくらい良い男だよ！　良いんですか神様！

「寧ろ兄ィさんが良いのです」

「お？」

「良い男なんて、僕はまだまだですけどね」

「口に……」

「はい。今思い切り出していました」

神様。

お早い回答をありがとうございます。


それから三十分後。

「ふぅー。食べた食べた」

「結構お腹にたまりますよね」

「うん」

山菜だった睦月は早く食べ終わり、部屋に戻っていった。戻ると言ってもきっと直ぐに朱禾兄ィさまの所へ向かうだろうが。

私と梅木は今しがたご馳走《ちそう》さまである。けしてペースが遅いわけではなく、山菜と魚の量の違いが半端ないだけだ。

完璧ベジタリアンか肉食派に分かれる献立だったよ。

お膳を片付ける前に一服しようと思い、食堂にあるセルフのお茶を二人分入れる。自分がやりますよ、と梅木に言われたがここは兄として振舞わせてもらった。

温かい緑茶が身に沁みて良い感じ。

「最近は禿や新造達といることが多いですね」

「みんな可愛くてね～」

お茶の香りとホカホカさに目を瞑りまったりとしながら世間話をし始める。

世間話と言っても規模は狭いけれど。

正式名称を付けるなら妓楼内輪話とかだろうか。

「あの、踏み込んだことを聞くようで悪いのですが」

「うん?」

コホン、と喉を鳴らして彼は言う。

「兄ィさん達と喧嘩でもしたのですか？」

……。

「喧嘩？　いや喧嘩なんてしてないよ。ただ、禿や新造達ともたまには交流を深めないと」

「でももう一ヶ月くらい経ちますよ」

「何が」

「花魁の兄ィさん達と野菊兄ィさんがあまり一緒にいるのを見ないのが、です。飯だってワザと時間をずらしていませんか？」

な、中々手厳しい子だこと。

そんなことまで分かるのか。

あれから一ヶ月。梅木の言う通り、私は皆との飯の時間をずらしている。

とは言っても皆バラバラなので、そこは上手く調整しないといけない。

食堂に行って花魁の誰かがいようものなら部屋に回れ右をするか、食堂にそのまま入り直ぐさま他の遊男の所へ行くか、一人で食べるかである。

声をかけられてやむなく一緒に食事をすることがあるが、その場合はご飯をマッハで口へと掻き込み早く食べ終わらせる。無言で隣に座って来ることもあるので、その場合はもう観念している。

やりすぎも良くない。だが部屋に帰った場合も油断できなく、飯を誘いに誰かが訪ねて来ることがあったので、

「お腹空いてないんだ」

「い、今『お馬』で調子が」

「食べてきちゃったよ」

とたまに女の事情を持ち出してまで理由をつけて断ることがある。

非常に情けない。

そうして皆といるのを防いでいるけれど……。やはり露骨すぎるだろうか。

「でもこの間は珍しく、一緒に秋水と私と稽古したでしょう?」

「それはそうですが」

「いつも一緒にいるわけではないから。前が一緒にい過ぎただけだと思う」

そんな私の答えに納得しているのかしていないのか……まぁ後者だろう。

眉間に皺《しわ》を寄せながら『そうですか』と彼は頷く。

「そのかわり愛理さんをよく見るようになったので、なんだかこう」

「こう?」

胸を押さえて苦しげな顔をしだす梅木。

どうした梅木!

「こう、父と母が別れてしまう前兆《ぜんちょう》を感じた息子の気分になってしまって……」

どんな気分だよそれ。

分かることとは分かるけれども。

たった四歳しか離れていないよ私達。

梅木の発言に遠い目をする野菊であった。

◆◇◆　◆◇◆

「お待ちどうさまです！」

桜色の髪がヒラヒラと躍る。

「お～ありがとうよ」

「女子がいるとやっぱり違うよなー」

食器を片付けに行こうと梅木と共に立ち上がれば、調理場の方からそんな会話が聞こえてきた。

横にいる梅木の表情がまたもや険《けわ》しくなる。

「何ですかあれは。兄ィさんだって女だしー？」

「そこなんだ」

唇を突き出しブーブーふてくされている弟子を、まぁまぁと苦笑しながらたしなめる。

彼のこんな態度は滅多にないので貴重。いつも私や年上に対してはかしこまっているから、こういう風に喜怒哀楽《きどあいらく》を素直に出してもらえるとちょっと嬉しい。

この光景を目に焼き付けておかなければ。

「二階を立ち入り禁止にした意味はあるのですか」

「んー。でもおやじ様も妥協《だきょう》した方かな？　本人にやる気が漲《みなぎ》ってちゃ押し返せないと思うし。向上心溢れる人の邪魔はできないよ」

「別に、分からなくもないですが……」

おやじ様に清水兄ィさまが主張したことは守られた。

愛理ちゃんだけでなく、下働き全員は二階には立ち入り禁止。遊男とはあまり関わらないようにしたのである。


――しかし、だ。


立ち入り禁止令が出た一週間後、愛理ちゃんが食堂で働き始めていた。

詳細は不明だが、他の遊男からの情報によると、色んな仕事をして役に立ちたいという彼女の熱意におやじ様が負けて飯炊きの仕事につかせたらしい。

主に食器洗いだそうだが……おやじ様って意外と女子に弱いのかな。

今まで愛理ちゃんが洗濯だけの仕事をやっていたのは、遊男達とあまり会うことがないように、というおやじ様の意図があったからだった。彼女自身もそれは分かっていたようなので、無理に違うところで働きたいとは言わなかったし、自分が貢献できる範囲内で頑張ろうとしていたのを、私は見てきている。だからおやじ様もそこら辺を説明した上で、今の愛理ちゃんと話をつけたのだと思うのだけど……。

仕事を頑張りたい、役に立ちたい、という部分は前と一緒な気もする。けれど、どことなく頑張り方が違うというか……。

二階を出入り禁止にしたことで安心し、食堂で働いたとしても遊男と深く関わることがないとは言えないという事実に気づかなかったのか。

そもそも食堂と言わず立ち入り禁止で区切れない一階全体で、しようと思えば交流できてしまう時点であまり意味はない。

凪風が助言したらしいが、奥で皿洗いをするか飯渡すくらいなんだから心配はねーよ。と言い切られたようで。

まぁ別にそれ自体は構わないのだけれど、ちょっと困ったことが。

食堂にいるということは、少なくとも一日一回は自分が利用する場にいるということ。

つまり一日一回は会うということ。

避けられないじゃん。

となれば、食堂で一緒に花魁の皆と食べることは言語道断。

避けていても飯ぐらいは一緒でも良いだろうと考えていたけれど、愛理ちゃんが食堂にいる。

見られる。終わる。私の人生が。

「ゴメン。私のお膳一緒に下げて貰っても良い？」

「はい。うわぁ、兄ィさんて綺麗に食べきりますね。ご飯粒もないし」

そう言ってまじまじとお椀を見る梅木に自分の空のお膳を渡して頼む。

愛理ちゃんがいない時間帯は大体分かっている。

遊男にしては早い時間に彼女がいないことは、三日早起きしてだいぶ前に確信した。なので早起きをして愛理ちゃんがいない時間帯に食堂へ行きご飯を食べるようにしている。

しかしやむを得ない時が少々あるため、その場合は食堂に花魁がいようが愛理ちゃんがいようが開き直って食べている。

『諦め』に近い。

「ごちそうさまでした」

「はい、ありがとう。梅木くんはこれからお稽古？」

「大好きな野菊兄ィさんに一日ピッタリとくっついて教えてもらいます」

では。とそんな会話が戸の近くでお膳を渡しに行った梅木を待っている私の耳に届いた。

な、なっ何言ってるの梅木！

下手なこと言わんで良いよ！

超嬉しいけどね！

そう叫びそうな唇を横に引き結びポーカーフェイスを保つ私だが、内心ビビっている。

「兄ィさん行きましょう」

「う、うん」

どこか清々《すがすが》しい顔で帰って来た息子に、逞《たくま》しさと恐ろしさを母は感じました。

「あ」

だが。

「……ぅわ!」

さぁ行こう。

というところで、

「なんだよその顔と奇声は」

「蘭ちゃんこそ何その顔。お腹でも痛いの」

なるべく会いたくない人物に会ってしまった。ちくしょう。いつもいつもタイミングが良いんだか悪いんだか。

機嫌の悪そうな顔をした蘭菊と鉢合わせしてしまう。

「というか。寒くないのソレ」

「別に」

このアホみたいに寒い朝に羽織も着ないでうろつくなんて、風邪でも引きたいのかコイツは。起きてから着替えもしなかったのか、白の単衣のまんまだし。見ているこっちが寒くなってくるんですけど。

それとは逆に赤い頭はボッサボサで炎みたいだ。

「もう飯食ったのか?」

「うん」

そう答えると彼は腕を組み、私と梅木の行く手を阻《はば》むようにして食堂の戸に寄りかかる。

「えっと」

いやあの、邪魔なんだけど。

というか早くない？　いつもは後一時間くらいしないと起きてこないじゃん。それに昨日は確か
閨だったから、朝風呂に入っていたはずだし。まだ二時間三時間しか寝ていない筈。

よく見れば隈《くま》がうっすらとできている気も……。

大体、この時間に私が食堂にいるのだって皆の今までの様子を見て計算して、今日のこの時間は
誰もいない！　と確信して食べに来たのに。

そりゃ突然予想外に現れることだってあったけれども。

でも蘭菊が来てしまうなんて。

もう一回言うけど、こいつ閨だったし。

「よし。……じゃあもう一回食え！」

「あいやぁぁぁあ」

何が、よし！　なわけ馬鹿なのコイツ。

前から腕をガッと掴まれ、再び食堂へ入らせようと中へ引っ張られる。悲鳴を上げた私に視線が
集中した。

お願い見ないで！

大きな声を上げて本当にすみませんでした‼

見ないでください！

足の裏の筋肉を駆使して床に踏ん張る。

綱引きか。

「ええい放せチビ！」

「お前より背はデカい！」

「あっち行ってアホ、ハゲ、ガキ！　もうぅぅっ」

見られてる、絶対見られているよ。

こんなギャースカ騒いでいたら嫌でも目に入っちゃうって。手を引っ張っても引っ張っても……

お？　ちょっと動くぞ？　いけるかもコレ。

蘭菊に掴まれた腕は別段痛くはない。微妙な力加減で引っ張られているようだ。

さすが花魁。相手への配慮がパーフェクト。使いどころは違うと思うけど。

「放してください」

「嫌だ」

「え、何頬っぺた膨らませてるの。可愛くないんだけど」

誰このデッカイ子供。

「梅木ぃー」

「すみません。僕は蘭菊兄ィさんの味方なんです」

寝返りやがった。

私側から奴側へと移動する梅木にガンを飛ばす。

どこぞのヤンキーかってくらいに、渾身の力を瞳に宿す。パァワァ～。

「きゃあ！　痛いっ」

ガシャン！　パリン！

「どうした⁉」

攻防戦を続けていると、調理場から愛理ちゃんの悲鳴が聞こえてきた。

ついでに食器が割れるような音も。

もっもしかして私がパワーでガンを飛ばしたせい⁉　嘘‼

「な、なんかお碗が欠けていたみたいです。吃驚して落としてしまいました。ごめんなさいっ」

なんだ、良かった。

っていやいや、良くないよ。痛いって怪我してるんじゃ……。

「ありゃりゃ、手の平から血が出ちまってんな」

あ。そうそう、あとコレ。

私が花魁の誰かと楽しく会話をしていたり仲良くしていると、最近は決まって愛理ちゃんが怪我をする。

一体どうなっているのかは定かでないが、悪役の私が仲良くしているということがいけないとでも言うように、皆の注意がそちらに削《そ》がれるのだ。

ただの偶然かとも思ったけど、何回もそんなことが続けば私だって色々考える。……ゲームの強制力なのかもしれない。

そして考えに考えた結果そうとしか思えないので、ちょっと怖くなった。二階で不覚にも仲良くしてしまった時は何にも起こらなかったけれど。

「またアイツ怪我したのか？　お前よりドジだぜありゃ」

「私はちゃんとしてるんですー。ドジではないんですー。分かったならそこどいて私を通して愛理ちゃんの怪我でもどうにかしてやれ馬鹿」

そう早口でまくし立てて腕をブンっと振るうと、簡単に手が離れた。

「はぁ？　何で俺が」

「蘭ちゃんは優しいもんね」

「……何で俺が」

ケッ。と文句を言いドスドスと足音を立てながらも、調理場へ向かって行く蘭菊は紳士だと思う。

私は常に花魁組を愛理ちゃんの元へ送り込むことは忘れない。

そうすれば愛理ちゃんの恋を邪魔しているのではなく応援していることにもなるし、愛理ちゃんにとっても好きな人が自分を気に掛けてくれて嬉しい気分になると思う。

とか言っても、その好きな人が誰なのかは全然分からないけど。

でもまぁ、なにはともあれ私が危《あや》うくなる可能性は確実に減るだろう。愛理ちゃんの身の危険性も減る。

「蘭ちゃんは、優しいもん」

だが。

ぶっちゃけ皆の気持ちも考えないで、自分の保身を第一に考えている私はつくづく嫌な奴だ。

ゲームの中の野菊も嫌な奴だけど、私も私で嫌な奴だと思う。自分のためになるならば周りがどう思おうが、どうなろうが構わない、というような行動はきっとゲームの野菊とそう変わらない。

「大丈夫か？　思ったよりバッサリ切れてんじゃねーの」

「だ、大丈夫ですよ！」

「十義さん達は仕事しててください。俺が見ますよ」

「えっえと、あの」

それになんだか蘭菊は愛理ちゃんと仲が良いみたいだ。

愛理ちゃんをイジって茶化《ちゃか》している姿を一階の階段下で一週間前に見たことがある。

「ねぇ兄ィさん」

「？」

蘭菊が渡し口から洗い場にいる愛理ちゃんに話しかけている姿を、梅木は見る。

そして静かに息を吐きながら言った。

「兄ィさんはこれで良いのですか？」

「……」

「兄ィさん？」

「――自分でも分からないや」

おどけたように笑う私に心配そうな顔をしだした。

彼の言おうとしていることは分かる。

事情なんてこれっぽっちも話してはいないのに、こうも物事に対しての察しが良いと、どうしていいのか戸惑う。察していると言っても、愛理ちゃんとくっつけようとしていることとかではないと思う。

きっと、花魁の皆を避けていることに『良いのですか?』と聞いているのだろう。

やはり避けていることはバレバレだったみたい。

いたたまれなくなり、後頭部を利き手でガシガシと掻く。

「あの、ちょっと中庭に行ってくるね」

「分かりました」

「四半刻したら部屋に来て貰って良いかな」

「はい」

稽古の時間を取り付けて、中庭に続く長い廊下をそそくさと歩く。

ちょっと早歩きなのは気のせい。

私の急な話に動じることもなく普通に返してきた逞しい彼に、申し訳ない気持ちと感謝の気持ちを感じる。

梅木はゲームにはいないキャラクターだ。

だからこうして私も安心して接している。

いざこざには巻き込みたくはないが、今身近で一緒にいて安心するのは彼とか普通の遊男の兄ィさま達くらい。

兄としては大変情けない話だけれど。

遊男以外だったら十義兄ィさまとかだろうか。

「う～さむっ」

凍《こご》えるような硬い空気が詰まる廊下を、息を吐いて両手を擦りながら進む。

アレやコレやと気が休まらない日々。

ちょっとしんどいというのが現状だ。


「最近、可愛い子に避けられているのだけど。どうしたものかと思ってね」

「奇遇だな。俺も逃げられてる」

廊下の角。

右へ曲がればあと少しで中庭、という所で私の足はピタリと止まった。

よく知っている声が聞こえる。

「あ……」

壁に手をついて角から覗き見れば、縁側に腰を掛けて座る清水兄ィさまと羅紋兄ィさまがいた。

こんな寒い中、何故縁側でまったりとしているのか。いや、来た私も私だけど。

斜め後ろから拝見できる兄ィさま二人の横顔は憂い顔。誰がそんな顔をさせているのだろう。

馴染みのいつものお姉さま方かな。

フッ、罪作りな女性たちだ。

「宇治野がとうとう三味線の弦をブチってしまっていたし」

「すげぇな。あれ新品なんだぜ」

どうやら橋架《きょうか》様もつれなくなってきたらしい。マンネリ化でもしてきたのかな。

倦怠《けんたい》期みたいな感じ？

というか三味線の弦をブチるって何。

相当だなオイ。

「本当、どうしたものかな」

中庭を眺めていた兄ィさまの視線が下に下がり、暗い影を落とす。どうやら相当深刻な問題のようだ。

確かに馴染みにツンケンされてしまえば、もっと言えば来てくれなくなったら困る。まぁ花魁だから馴染みが一人というわけでも、客がいなくなるというわけでもないのだけれど。

だがもしそれが、好きな人だったならば。

そりゃ心にキますよね。

「アイツみてぇに沈黙しておくしかねぇだろ。嫌がられても俺自身嫌だしよ。まぁ、沈黙の域を超えるとあぁなるのが目に見えてるから程々にするけどな。……だけどマジすげー」

何かに感心しながらも、腰の横に置いてある白いお団子を一つ摘まんで、目の前に掲げる羅紋兄ィさま。

良いな、美味しそうだなあの団子。

「これで釣れねぇかな」

「あの子を何だと思っているの」

団子で馴染みの気を釣ろうというのか。花魁の意地はどこへ行った。

額を片手で押さえて、清水兄ィさまが苦笑いをして呆れている様子が窺える。

「分からなくもない考えだけど」

あ、分からなくもないんだ。

カタ……。

「？　あれ……？」

清水兄ィさまには聞こえたようで、不思議そうな声を上げたあとこちらに振り向いてしまった。

心がズッコケたのと同時に身体まで一緒に反応してしまった私は、隠れている廊下の角の壁に激突した。

おでこが痛い。

ヒリヒリする額をさすりながら、兄ィさまから見えないように直ぐさまサッと引っ込む。

そしてソロリ、と様子を窺うために中庭が見えるギリギリのところまで覗き込む。

「……」

「清水？　どうしたんだ」

コソコソと覗き見れば、数秒間兄ィさまの動きが止まっているのが見えた。

私から三十度くらいズレた所を見ながら固まっているようだけど。

どうしたのだろう。

「あぁ。いや」

隣からの声にそう答える。

そして目線を天井にやり数秒後。清水兄ィさまは膝に手を掛けて縁側から立ち上がり、両手を上に掲げて伸びをしだした。

「羅紋。団子は置いて、もう食堂へ行こうか」

「嫌だ。団子は持っていく」

団子が乗っているお盆を自分の膝の上へと移動させる。

そらそうだよ。だってまだ丸くて白くてもちもちなお団子は、遠目から見ても十個以上は残っているもの。

私だったら死んでも放さない。

焼きまんじゅうだったなら尚更だ。

「――――置いていきなさい愚《おろ》か者《もの》が」

地を這うような低い低い声がこの空間に響く。

顔が正面から見えないので分からないのだが、結構怖かったのだろう。清水兄ィさまの団子放置宣言の威圧に、羅紋兄ィさまが若干ビビっているのが見て取れた。

団子を持って行きたいというだけで愚か者のレッテルを貼られた羅紋兄ィさまの心情や、これいかに。

「そ、んなに置いていきたいのか」

「一生のお願い、とでも言っておく」

「団子にそこまで命を……」

いや命はかけてないと思うけど。

「さぁさぁ行くよ」

「え、ちょ、おい」

手をパンパンと叩く清水兄ィさまに手を掴まれ引かれ…ううん、引《ひ》き摺《ず》られながら、私側ではないあっちの反対方向へと姿を消していく羅紋兄ィさま。

そうしてこの場に残されたのは、あのまだ食べて欲しいと訴えるお団子ちゃんと捕食者である私だけ。

ならば！　と、誰もいなくなった縁側に忍び足で近寄る。

お盆が置いてあるところまで行き、その場でしゃがんでまじまじと団子を見つめた。

近くで見たら、尚美味そうに感じてきてしまう。

いやいや、手を伸ばせば届く距離に私はいるのだ。周りには誰もいない。食べてもよろしいのではないか。

キョロキョロと最後に周りを確認する。

「うっふっふ。いただきまうす」

カプリ。

うん、美味しい。

・・・・・・・・

野菊がいる所より、少し先の廊下の角から二つの頭が出ている。色は黒と緑。

目線は、モグモグ……と自分達が置いていきた団子にむしゃぶり付いている少女に向けられていた。

「まぁでも。こんな楽しみ方もアリかな」

「なるほどな」

もっちゃもっちゃと美味しそうに頬張る姿を見て、隠れている二人は顔を見合わせて可笑しそうに笑った。

「ふふ、本当はこっちが飛びつきたいくらいなんだけどね。しょうがない」

「あ~あ。しばらく振り回されてみるかねぇー」

さぁ、手のひらの上で転がされているのは、果たしてどちらでしょう。

「あ、寝だしたぞ」

「お腹がいっぱいになったのかな」

◆◇◆　◆◇◆

私の自室。

畳は少し赤みの強い龍鬢表紋縁《りゅうびんおもてもんべり》付き畳。太陽の光に当てて出された赤みは、そこらの畳の色と違ってくる。なんにせよ手間隙のかかる高級畳だということには変わりない。

部屋の広さは十畳程。

外を見渡せる桟が赤い格子窓は、戸を開ければ直ぐ目の前に見える。

夜になれば一番役に立つ少し高さのある行灯《あんどん》は、昼間は部屋の隅。自分の着物をしまう花蝶彫《かちょうぼ》りの高級箪笥は、あまり目立たせたくはないのでこちらも部屋の隅。自身の三味線や箏など大きい物は押し入れに保管している。

テーブルなんてものはなく、読み書きの際に使う文机《ふづくえ》が申し訳程度にあるだけ。客への手紙を書く際に使う紙や筆、墨は木箱に入れてその台の下に置いている。

そして家具の中でも一番のお気に入りである漆塗《うるしぬり》の黒い化粧台は、窓からの太陽光を考えて逆光にならないよう格子窓の横に置いてある。鏡付きのそれは化粧をする際には欠かせない。

「化粧に、何か秘密でもあるのでしょうか」

そんなお気に入りの化粧台の前に座っている緑黄の長着に身を包んだ梅木は、この部屋の主である私へ唐突に質問をしてきた。

「秘密？」

彼はまじまじと絵の具のパレットのように並ぶ化粧道具を観察する。

「座敷だと兄ィさんが男に見えるのです。昼間は完全に女子としか見えないのですが」

「あれま。最後のそれはちょっと問題だ」

未だ化粧道具を見つめる好奇心旺盛《おうせい》な弟子に、あらあら……と微笑ましい気持ちになった。

チャッピー専用の壷《つぼ》に水を入れている私は横を向く。

青色の暖とりである火鉢は、パチパチと火の粉を噴いていた。

「男らしく見えるように、工夫は色々してるよ」

「た、例えばどんな感じでしょうか！」

化粧道具を見ていた彼は、私の言葉を聞いてサッと素早くこちらに振り向いた。声が歌うように弾みだし、瞳が心なしか輝いて見える。

そこまで興味津々《しんしん》に聞かれてしまえば、ウズウズと話したくなってしまうのは仕方がないことだと思います。

壷の隣に置いてある座布団の上にて。

仰向けで寝こけているチャッピーの白い腹をプヨプヨと触りながら、何から話そうかと思案する。

「ゲッ」

あ、ゴメン。強く押しすぎた。

「喉仏《のどぼとけ》があるよう見せるために、首の真ん中に黒、茶、白を上手く使って薄く影を作るのと、首が少しでも太く見えるように多少首の両端を明るくしたりね」

「なるほど」

「顔に関しては少しまゆを太くするくらい。あと手は一番性別や年齢が出やすいから、一番気が抜けない場所かな。常に力を入れて角ばった状態でいないといけないから」

常に男としていないといけないわけだが、どう頑張っても所詮女の身体は女。どう見せなければならないのかは、兄ィさま達を散々観察して考えた。

首は皆やはり若干女性よりも太く、腕や手も骨張っている。

そして何よりも女の身体は柔らかく、対して男は硬いというのが特徴。

なので筋肉もつけなければと筋トレもした。

腹筋背筋上腕二頭筋《じょうわんにとうきん》。

休むな怯《ひる》むな私の身体！

と成長期十三歳、十四歳の年は日々肉体鍛錬《たんれん》に精進《しょうじん》し励んだ。兄ィさま達のようなパーフェクトボディを手にいれることが第一。目指すは六つに割れた素晴らしき腹、美しい肉体。

人間最高。

と意気込んだのは良いものの。

『おっかしいなぁ』

結局ムキムキにはならず。

まぁ硬くなったかな？　程度で、マッスル期間は約二年で終わりを迎えた。

果たしてダイエットと筋トレをやるならばどっちのほうが結果的にマシなのだろうか……と挫折《ざせつ》した直後本気で悩んだことは記憶に懐かしい。

ぶっちゃけ最終的にどっちも変わらないし、ダイエットも筋トレも同じもんだと気づいたのはだいぶ後。

だがやらないより良かったと今では思う。

前にお客から『私、腕が逞しい人って素敵だと思うの』と腕をペタペタと触られ、その際『あはは（やばい）』と焦り渾身の力を腕の筋肉に入れてどうにかその場を凌《しの》ごうとしたことがある。

もしこの裏を覗かれ暴《あば》かれていたら、張りぼても甚《はなは》だしい奴だと失笑されてしまう。などと一抹《いちまつ》の不安と立ち直れない自分を密かに想像しながら、唾《つば》を飲み込んでいたのは苦い思い出。

『あら！』

しかし、筋トレのおかげなのだろうか。

相当それは硬くなったらしく『少し細いですけど、硬い筋肉で素敵だわ？』と思いの外褒められ難を逃れる、という幸福が舞い降りて来たのは日々の私の行いのお陰だったのか。

備えあれば憂いなし。

とはまさにこういうことだと思った。

「普段はのんきにしているのに、やはり努力の賜物《たまもの》ですね」

「最初のはどういうことなの。褒められてるのか貶されているのか分かんないんだけど」

頷きながら感心している彼に、至極真面目な顔で返す。

最近梅木が秋水に見えてしまうのは気のせいなのか。言動が似てきている感じが否めない。私も共に教えているというのに何故なんだ。

私に似なさい良い子だから。

「でも梅木はそこまでしなくても十分男の子だからね。目尻に線を引くとかで良いと思うよ」

そう言って化粧台の近くに行き、漆の小箱から筆を取る。目元を弄《いじ》りたいので、極小サイズの小筆をチョイス。

この世界の江戸時代には化粧品の種類がたくさんある。色もそう。どう作られているのかは甚だ疑問だが、ファンデーションのような肌色の粉や、紫、緑、黄土色など色々と顔に彩《いろど》りを与えられる物が多い。まるで絵の具のようだ。

これだけ元の世界と人種も何もかも違えば、そんな点が発展していてもおかしくはないなと頷ける。

膝立ちをして目の前に来た私を見て、梅木が嬉しそうな顔をしだした。

「やっていただけるのですか」

「お風呂ではちゃんと落としてね」

手を梅木の顔にかざせば、それが合図だと言うかのように自然と瞼を閉じてくれる。

そんなちょっとしたことに、心が何となくほっこりした。

まだ雄々しくない幼さの残る顔。

これが男に向ける言葉かどうかは個々の感じかた次第だが、花開く頃が待ち遠しい、としみじみ思う。

艶《つや》やかな金の髪に碧《あお》い瞳、赤みのある白い肌を持つ彼は本当にお人形さんみたいで。女の子だったならフランス人形みたいだなんて称賛できたのにな、などと些《いささ》か本人的には失礼なことを考えてしまう。

「はい、目を開けても大丈夫」

「わぁ。引くだけで意外と、らしくなるものなんですね～」

「だから化粧は『化ける』って文字が付いてるんだろうね」

梅木は化粧台に備わっている鏡に自分の顔を映すと、感嘆の声を上げた。

施した私自身も満足の出来であると自負する。……目尻にライン引いただけだけど。

小筆を小箱に置いた途端、何だか無性に手が寂しくなる。言うなれば、口寂しい、と似たようなものだろうか。手で何かを触っていたい気分。掴める物でも何でも良い。

あ、そういえば。

「チャッピーちゃーん」

ちょうどいい。

チャッピーのプヨプヨなあの素晴らしい腹があるではないか。柔らかい弾力で指を跳ね返されるその腹。

ぷよんぷよん、プヨンプヨン。

あの感触を思い出すと堪らなく恋しくなり、手を伸ばせば掴める距離にある座布団を自分の近くへズズ、と引っ張り寄せた。

スヤスヤと瞼を閉じて未だ眠る奴のピチピチボディ。

プニ、プニィ。

うむ。

やはり気持ちいい。

「その羽織は清水兄ィさんのですか」

「え？　あぁ、うん」

ふぅ、とその気持ち良さに和んでまったりしていると、鏡に顔を向けていた梅木が、ある場所を小さく指差し問うて来た。

梅木の視線を追えば目に入るそれ。

実は縁側で団子を食べた後、少し寝こけてしまった私。

外の空気に晒されているというのに、よく眠れたものだと自分でも感心する。

時間はそれほど経っていなかったものの、勢い良く起き上がった時には既に身体を包み込むように被さっていた誰かの羽織。

誰かの、と考えるより前に誰のかが分かってしまうのは、その人物がよく愛用して着ていた物だったから。

梅木が見て直ぐに分かるくらいに。

「返しに行かなくてはですね」

「ゲコォッ」

またしてもチャッピーの腹を強く押しすぎてしまったようだ。

ごめんチャッピー。

「……そうだよね。返さなきゃ」

聞こうとする者の耳にしか届かない、消え入りそうな声でポツリと呟いた。

化粧台の横に皺にならないよう畳んで置いておいた、その唐紅《からくれない》色の羽織。そっと手に取り持ち上げて眺めれば、微かに兄ィさまの香りが届く。それと同時に隙間風のような寂しさが胸を通り抜けたのは、きっと私の気のせい。

このゲームにはバッドエンドとノーマルエンド、ハッピーエンドが存在する。

とりあえず野菊はバッドエンドだろうが普通エンドだろうが最悪の事態を迎えることには変わりない。ハッピーエンドでは罰を与えられるし、バッドエンドでも罰を与えられる。

ノーマルエンドでも。

ではバッドエンドで野菊が罰を受けたというのに、何故主人公が幸せになれないのか。

それは、ラブゲージが程々にしか上がっておらず中途半端で、かつその後の選択をミスると相手の花魁が客に身請《みう》けされてしまったりする事態が起きるからである。

また相手によっては、バッドエンドで吉原に大きな火事が起き、そこで主人公を助けて死んでし

まうという……。何とも予測不可能な理由でエンディングを迎えてしまうことが。

このことから、野菊はただの話を盛り上げるために作られたキャラ、『当て馬』だということがよく分かる。

ちなみに誰がどのバッドエンド、普通エンドなのかは分かっている。

何で全ての枝分かれルートを理解してしまっているのかは、今更突っ込まないで欲しい。

……きっと根っからのオタクだったんだ。

「そういえば私」

「？」

「皆のこと、どう思ってたんだろう」

不思議なことがまた一つ。

元旦に見たあの夢で、私は確か「和風が好きだから」という理由であのゲームを買ったと回想していた。

だけど野菊や主人公の行動に関心を持っていたようなのに、肝心の攻略対象の皆については何一つ、こうだった、ああだったなど感じたことを思い出していない。

普通、ゲームを楽しんでやり込んでいたくらいなら、ちょっとでも覚えていておかしくはないはず。

内容やゲームの進みは分かるのに、その時の自分の想いが分からぬとは何事か。

『このキャラ超好き！』と言えるキャラが一人はいても良いのに。

「どうかしたのですか？」

その今更な事実に、顔色は驚きも恐れも見せず、私はただただ無表情になった。

愛理ちゃんにはもう好きな人がいる。それは変えようもないこの世界での事実だ。

ノーマルエンドならまだ良い。相手が年季明け後、夫婦になろうという話に其々なっていくからだ。そしてハッピーエンドなら尚良い。自分の実の父親達からの身請け話があり、ついには妓楼から年季を明ける前に出られ、また愛理の実家共に公認の中になれるからだ。

しかしバッドエンドならば、その相手は死ぬか身請けかどちらか。

だから私はどうにかノーマルエンドかハッピーエンドになって欲しい。その好きな人と。

ゲームの通りにいかなくても、せめて皆が身請けや死に至ることがないように。

身請けは別に、皆が好きな人と一緒になるのなら構わない。

でもそうではないのなら。

愛理ちゃんの好きな人が、愛理ちゃんを好きにならずにバッドエンドのようになってしまったら。

眉間に胸騒ぎめいた黒い影が漂う。

今皆がどんな感じに愛理ちゃんとの距離を縮めているのかは分かりかねている。蘭菊はだいたい良さそうだけど、他はすっかりで。

彼女が現れれば姿を消すということを繰り返しているから、詳しく分からないのは当たり前なのだけれども。

「護ーどこ行ったー」

梅木を秋水へバトンタッチした後、私はなくし物ならぬ、なくし猫を探していた。

昨日から全く奴の姿を拝んでいないのだ。

猫は気まぐれだとは言うけど、ちと飼い主的には寂しい。寧ろ護に飼い主だと思われているのかさえ危うい。

ただの近くにいる、よく構ってくる人間だとか思われていたらどうしよう。

もう出会って約六年。

今まで積み上げてきた信頼関係は幻の偶像だったのかと落胆したくはない。

廊下をひたすら歩きながら護の名前を呼ぶ。

一階はさっき見たし（食堂以外）、男衆に聞いても特定の場所で見たという情報は得られなかった。

特定の場所では見ない。

すなわち見掛けるには見掛けるが、留まってはいないため、具体的にどこにいるのかは分からないということ。

全く……。

「はいはい。お呼びですか？」

「ん？」

凪風の部屋の前にさしかかった所で、私の声に返事をする者がいた。

「にゃー」

「……護使って腹話術するの止めれ」

何が『にゃー』だ。

可愛くないんだよ馬鹿者。

部屋の戸襖を半分開け、護を持ち上げ前足を動かして遊ぶ青年に溜め息が零れる。

「さて、居場所分かったから良しとするかな」

若干冷めた視線を相手にぶつけながら、来た道を戻ろうと回れ右をして足を踏み出す。

「え、ちょっと待ってよ」

「不審者とは喋らないようにしてるんです」

「うわぁ」

物凄くわざとらしい不快感全開の声を上げる凪風。

何かイラッとしました。

「あぁもう……話したくないなら、これだけは言わせて。人間万事塞翁《にんげんばんじさいおう》が馬《うま》、だよ野菊」

さっきまでおチャラけていた彼が、真面目な面持《おもも》ちでそう言う。

人間万事塞翁が馬。

意味は、一時の幸、不幸は、それを原因として、すぐに逆の立場に変わりうるのであって、軽率に一喜一憂すべきではないということ。

幸不幸は予期し得ない。

何が禍福《かふく》に転じるか分からない。

昔々、中国の城塞近くで暮らしていた翁《おきな》の大事な馬が逃げ出した。不幸？　しかし、帰って来ないと思ったら一頭の馬を連れてその馬が戻って来たので大層喜んだ。幸福がやってきた？

だが自分の息子がその馬に乗って、落馬して大怪我をした。再びの不幸？

その怪我のせいで息子は戦争に行けなくなったのだが、近所の若者はみんなその戦争に行って誰一人戻らなかった。

しかし怪我をした息子は戦争に行かなかったので唯一無事だった。…幸福？

こんなことでは、何が災《わざわ》いで、何が幸いするかは分からないものよ。

という故事成語。

『人間万事塞翁が馬』である。

「？　どう……」

「野菊が良かれと思っていることが、幸福に繋がるとは限らない。そのまた逆も然《しか》りだけどさ」

私から視線をそらし、護の両前足の肉球をフミフミしながら続ける。

「君が思う以上に、妓楼の皆は野菊を信頼してる。下働きなんかよりもずっとだ」

「それは」

「もし、何かあったなら頼ってみても良いんじゃない」

「どう?」というような目つきで此方を窺う彼。

何かを見透かしているその物言いに、私は少し戸惑う。

なんでそんなことを言うのだろう、と。

「じゃあ護、野菊が迎えに来たみたいだから戻って良いよ」

「ニャア」

護がトテトテと襖《ふすま》を越え私のいる廊下へと来る。

一体、彼の言わんとしていることは何なのか。

私は護を抱き抱えて、逃げるように部屋を後にする。


隠し事がバレたときの子供のように。

番外編「花盛り・野菊の花魁道中」

身に刺さるような寒さの中、大晦日《おおみそか》の鐘が鳴りやむ。

雪もパラパラとチラついており、こりゃ新年から大忙しだな、と外にいる茶屋の面々や妓楼の番頭達は鼻を赤くしながら話し込んでいた。

それぞれ見世の前に出していた看板をしまい、代わりに赤い提灯《ちょうちん》を出す。

あちこちでは今年もよろしく、なんていう声が飛び交っていた。

◆◇◆　◆◇◆

今年の元旦で、私は十五歳を迎える。というか今日、迎えてしまった。

でもおやじ様に拾われたときは推定年齢で五歳と言われていたので、実際の年齢かどうかはハッキリと分かってない。だいたい十五歳、みたいな。本当は蘭菊と同い年かもしれないし、秋水や凪風と同じ年齢なのかもしれないし。

でもここへやって来て、十年という年月を妓楼の皆と共に過ごしたことは確かだった。

感覚っていうのは不思議なものだと思う。

十年、と言えばなかなか長いようにも思えるんだけど、それを体感している身としては『もう十年？』という感じ。小さい頃は時の流れが遅く感じるという人が多いけれど、私の場合は頭の中が最初からこんな感じであるせいか、けっこう速く感じていた。

「眠れぬ……てか寒っ」

深夜、遅くに目が覚める。

さっきまでは布団に潜《もぐ》っていたから寒くはなかったけれど、あったかいところから顔を出して瞼を開けたので寒さが急に目にしみた。

「はぁ……」

深夜って言っても、まだ夜見世が終わってから一時間くらいしか経っていない。しかも一部を除いては恵方《えほう》参りに出かけているので、外はまぁまぁ騒がしい。それに私は今日誰よりも早くに就寝したので、とっくに深い眠りについていても可笑しくはないのに。

気分が優《すぐ》れないからかな。寝る前に溜め息を三十秒毎でしていたからかな。憂鬱《ゆううつ》過ぎる。明日絶対に起きたくないのに、こんな時間から起きちゃうとか憂鬱過ぎる。あー、雨とか嵐とか来ないかな。明日外に出られなくなればいいのに。

……え？　何が憂鬱かって？

「道中なんて、なんで私が」

憂鬱なのは今日と明日に行う花魁道中。まさか自分がアレをすることになろうとは、拾われた当初は思ってもみなかった。

おやじ様には昨日激励の言葉を貰ったけれど、それでも不安はぬぐえない。兄ィさま達や秋水達の花魁道中を間近で見てきているので、どんな感じなのかはもう分かっているものの……。自分がやるとなると話はまた別になってくる。

一ヶ月前。私はどうしても男芸者ではダメだったのか、芸者としてだけじゃ不十分だったのかと、最後の足掻《あが》きで聞いてみたことがあった。手練手管を教え込まれている時点で『あぁもうダメだ』と感づいてはいたけれど。そしてそんな質問を私からされたおやじ様はアッハッハと笑うと、面白いだろう、と一言言って私から走って逃げた。しかも歳のわりに速かった。

『逃げないでくださいおやじ様ぁああー！　そろそろ私キレますよ‼』

『心を静めろ、お前ならできる！』

『何がだ！』

『あっはっはー！』

どこに笑う要素があるのかと血管がブチ切れそうになった。

『だって閨だって無理でしょう⁉』

『そこは俺に任せとけ‼』

『ちゃんと説明しろぉぉおお！』

しかも結局説き伏せることは叶わず。

それに私は身体が女だから閨はできない。そこをどう誤魔化すのかが心配になっていたんだけど、おやじ様が任せておけ、と自信満々に言っていたのでもう心配しないことにした。

というか、心配事が多すぎて色んなことがどうでもよくなってきていたんだと思う。

でも元旦って。皆せっかくの休みなのに、なんでそんな日にやるのだろう。秋水達の時は元旦を避けて二日三日辺りにやっていたよね。

なんだか道中に付き合ってもらう人達に申し訳が立たない。お休みなのにごめんなさい。明日ソッコーで言おう。

火鉢の近くで寝ている護とチャッピーは、そんな私の憂鬱な気分とはお構いなしに心地よく寝ている。護なんかはいびきが聞こえてきている始末。

「ニャー……ピー……」

「……」

猫っていびきかくんだ、とまた一つ相棒の生態を覚えた夜だった。

◆◇◆　◆◇◆

結局、あまり眠れぬまま朝を迎えた。

「野菊兄ィさんは、やっぱりこっちの着物のほうがいいですって」

「いいや、こっちのほうが合ってる」

大広間の一室。私を中心にした空間で、秋水と梅木が黒や赤色の着物を持ちながら話し合っていた。

目の前で体育座りをしている今日の主役、私を無視して。

「前から決めてるよ！　この黒いやつだよ！　もしもーし!!」

声を上げて叫ぶ私の言葉は受け入れてもらえない。

広間には花魁になる新造とそれに付き添う新造、それから花魁の指導をして面倒を見ていた兄遊男である花魁に、一緒に歩いてもらう禿が集まっている。着付けや化粧をここで全部やって、最後の打ち合わせをするためだ。今回の場合は私をはじめ、新造の梅木と禿の男の子が二人。

そして兄遊男である花魁が普通は一人ここにいるはずなんだけど。

「羅紋、これなんてどうでしょう？」

「お前馬鹿だなぁ、それだと野菊の華奢《きゃしゃ》さが出ちまうだろーが」

後ろでは宇治野兄ィさまと羅紋兄ィさまが髪飾りを選んでいる。

「んん」

その横で欠伸をする清水兄ィさま。

「羽織はこんなのが良いんじゃない？」

「そんな色ばっかじゃんお前。柄は市松《いちまつ》のほうが良いだろ」

右では凪風と蘭菊が灰色の羽織を畳に置いて吟味している。

「朱禾、うまい酒用意できてんだろうな」

「それは……十義さんに仕入れたか聞いてみないとわかんねぇな」

「じゃあさっさと聞いてこい！」

斜め左後ろでは朱禾兄ィさまと阿倉兄ィさまが。

「こらお前たち、その棚には触るなよ」

「なんでですかー？」

「兄ィさまどうしてですかー？」

「それはな、……あっコラ！　ダメだって言ってるだろーが！」

「「わー！　きゃはは」」

そして周りには、はしゃぐ禿達とそれを止める兄ィさま方。

「……」

私は目を瞑って顔を天井に向ける。

「……はぁ」

この人数の多さ。まだ花魁の指導をしてくれて面倒をみてもらっていた兄ィさま達三人なら良しとしよう。それでも三人もいて多いんだけど。

でもそれ以外のメンツ。秋水、凪風、蘭菊、朱禾兄ィさまや他の遊男達、それに足して禿ちゃん達がわらわらと大広間に集まっている。

今日は元旦。そして皆は年に二度のお休みの日。しかも花魁道中に参加しない人以外は恵方参りに行っていたから相当眠いはず。遅く起きたっていいのに、朝からなんでこんな大広間に集まっているんだ。

単衣姿の私は、中心から四つん這いではけて化粧台に近づく。

あれやこれやと言っていても仕方がない。もう化粧を始めてよう。

「んーと、赤」

化粧の仕方はちゃんと教わったので心配はいらない。主に宇治野兄ィさまが教えてくれて、筆の種類から色の使い方まで丁寧に習った。

鏡に目線を合わせて筆をとる。

「兄ィさま、お化粧ですか?」

「そうだよ」

部屋の中を走り回っていた禿の一人が、私の横にちょこんと正座した。

次いでその子の隣に、一緒に走っていたであろう子が並んで座りだす。

「みててもいいですか?」

「ふふふ、どうぞ」

横からつぶらな瞳が四つ向いてくる。可愛い。

「なんだなんだ、騒がしい……。ってなんだこりゃ」

「あ、おやじ様」

広間の戸を開けて中に入ってきたおやじ様が、この人数の多さに吃驚している。

無理もない。私だって吃驚したんだ。なんせ普通は三、四人しかいないはずなのに、それをはるかに超えた人数が集まっているんだから。

しかも私が部屋に入るよりも前に朱禾兄ィさま達はすでにここにいたので、おやじ様の驚きは実に共感できる。

「お前ら道中出ねーだろ？　何してんだ？」

着物を掴む秋水達や兄ィさま達を見て、おやじ様は部屋の中心へと歩いていく。

「野菊はどこだ？」

「はい、ここでーす」

化粧台の前で手を挙げる。

「まだ着物は着てないのか」

「まぁ、後でいいかなと」

「はぁ。持ってきてやるから早く着ちまいな」

梅木の横に置いてある黒い長着を手に取ったおやじ様は、座っている私の後ろにそれを置いた。

『いや、こっちのほうがいいです』とかゴチャゴチャ言ってくる秋水達に対しては意見を見事に足蹴にしている。さすが楼主様だ。だいたい着物はおやじ様が私に合うものを、と生地から柄から何から何まで仕立て屋に注文して作ってもらうように頼んだもの。昨日合わせてみたけど、凄く見栄《みば》えも良いし、自分で言うのもなんだけど格好いいと思ってる。袖を通すとしっくりくる。

「おやじ様ー、どうしても駄目ですか？」

化粧の筆を置いて着替えだした私を横目に、おやじ様はまた誰かに何かを言われているらしい。

私は腕に袖を通しながら聞き耳を立てる。

「前から決めてるだろ。後ろは清水、横は梅木、前には睦月と珠房《たまぶさ》だ。花魁は三人も置けん」

この順番……。これは確か、私達の今日の配置だ。

三人もの花魁の下に付いていた私の花魁道中には、新造や禿ならともかく、花魁の誰が後ろを歩くのかということが少し問題となっていた。もちろん私としては、できるならばお世話になった三人全員に出て欲しいし、誰に出てもらいたいとかは特に絞っていない。それでも今回清水兄ィさまに決まったのは、私が花魁までになる過程で、食事やら道具やら着物やら世話代を一番出してくれていた兄遊男が兄ィさまだったからという理由だった。私が使っている全てのもの。さっき使っていた化粧台もそうだけど、あれは兄遊男である兄ィさま達がお金を出して私に与えてくれたものであり、頭は一生上がらない。

「えー。俺達だって良いだろ？　一緒に面倒見てきたんだぜ？」

「そうです、そうです」

おやじ様の決定が不服なのか、羅紋兄ィさまと宇治野兄ィさまが物申す。

「清水だって俺らが出ても構わねーだろ？」

「そうだねぇ。そういう道中をしたことがないから分からないけど、良いのなら私も反対はしないよ」

「だろ？　……つか清水さ、この際俺と代わってくれよ」

「それは駄目」

往生際の悪い花魁達。

険しい顔でこめかみに指を当てたおやじ様の頭の中は、今グルグルとぐろを巻いて回っているに違いない。これに関して口出しができない私は、とにかくおやじ様の目が回って倒れないことを祈ってます。

◆◇◆　◆◇◆

すべての準備は終わり、とうとう梅木に手を引かれながら妓楼の外に出る。

「野菊様ー！」

「野菊花魁！」

雪は降っていないものの、吉原は雪化粧をされていた。屋根の上は真っ白で、大通りは番頭さん達が雪かきをしてくれたのか、雪は通りの横にはけている。

外には茶屋のおじさんや、他の妓楼の遊男達が大勢天月の周りに集まっていた。でも普段の花魁道中とは少し様子が違う。いつもは女のお客さんや見物人として吉原に住んでいる人以外の江戸の人間が紛《まぎ》れていたりするのに、どちらかというと……今日は吉原に住んでいる人のほうが多い。というか、ほぼ吉原の人間で溢れている。

まぁでも、それもそうかもね。

お正月の元日は基本的にお客である女の人は吉原に入って来ない。

しかし道中をやるからといって大勢を呼ぶ必要も、誰かに見てもらうためにこれをやるわけでもないので、女の人がいないことは特に気にならなかった。ただ日頃お世話になっている茶屋の人には、挨拶廻りに道中の途中でお邪魔するということを伝えておかなければならないので、お休みの日に迷惑をかけてしまうということだけが気にかかっている。

道中の間は大通りを貸し切り状態にさせてもらうし、申し訳ない。

「おめぇ清水！　ここで会ったが百年目！」

「はいはい」

私の次に妓楼から出てきた清水兄ィさまが、どこからか飛んで来たヤジに適当に答える。

やれやれといった感じで白い息を吐き、兄ィさまは慣れているようだった。

知り合いなのかな。妓楼の遊男同士で交流する機会はそんなにないんだけど、昼間は吉原の町に出ても良いことになっているから、そこで知り合ったりしている人は多い。私自身も実際、天月の目の前にある妓楼『花宵妓楼』には数人知り合いがいる。花田様の妓楼だ。

以前町に出た時に楽しそうに騒いでいる集団がいて、気になって声をかけてみたことがあった。

そして言葉を交わしてみればその集団は花宵の遊男達だと分かり、お向かいさん同士宜しく、と声をかけあったのが始まり。それからは町で会うたびに話しかけたり、されたりしている。

狭い世界で生きていれば、出会える人間なんて限られてくる。

「野菊ー！　やったな！」

花宵の人達を思い浮かべていると、その人達がちょうど私の目の前にいた。

この寒い中ブンブン両手を振って、笑顔で出迎えてくれている。

「桜さん達！　ありがとうございます」

私も精一杯手を振り返した。

桜さんという人は花宵妓楼の遊男で、けっこうなイケメンさん。妓楼の中での人気は三番手だぞう（本人談）。花魁とかではなく普通の遊男であり、とても親しみやすい男の人で年齢は二十五歳。清水兄ィさまと同い年だけど、歳の差を感じさせないくらい人懐《ひとなつ》っこい人だった。

「わっ、野菊兄ィさんの道中に……。あはは、桜さん達は今日も元気そうですね」

こちらに手を振る花宵の遊男達を見て、梅木が笑いながら言う。梅木も私と共に何回か妓楼の外で会ったことがあるので、彼も知り合いのようなものだった。

「足元、雪に気をつけてくださいね」

「はいはい、梅木さん」

天月を横にして私達は整列する。番頭から赤い傘を受け取った梅木は、傘をゆっくり広げて私の上に影を作った。隣を見れば身長はもう同じくらい。ううん、もう越される。

私は目を細め、改めて彼を見た。深緑の直垂に、鼈甲《べっこう》の耳飾り。髪の一部分には橙《だいだい》色の紙紐を編み込ませて、随分とお洒落《しゃれ》にきまっている。格好いい直垂新造だ。

「なんですか？」

自分をじろじろと見てくる私を不思議に思ったのか、首を傾げて微笑まれた。

「大きくなったね、梅ちゃん」

「ちゃ、ちゃんはやめてください！」

あれま。『ちゃん』が気に入らない様子。せっかくの素敵な微笑みがしかめっ面になった。

「そういう野菊も大きくなりましたよ、本当」

「そうだぜ」

ポンと両肩を叩かれる。肩から感じる重みに、私は後ろを振り返った。

「ありがとうございます」

私の後ろには宇治野兄ィさまと羅紋兄ィさまが横二列となり並んでいた。そしてその後ろには清水兄ィさまがいる。

結局あの後おやじ様が悩みに悩んだ末、道中には羅紋兄ィさまと宇治野兄ィさまも出ることになった。おやじ様的にはあまりバンバン花魁を外に出すのはよろしくなく、一般人や客の前に出すということはしたくなかったってことだった……らしいんだけど。でも見物人にお客の女の人達はいないし、吉原の者達がほとんどだということで、宇治野兄ィさま達も出られる方向に話が決まった。

良かった、良かった。

「野菊！　転ぶなよー」

「滑らないように気をつけるんだぞ。……本当に寒いな今日」

「行ってらっしゃい」

天月妓楼の二階から蘭菊と秋水、凪風が顔を出す。

「うん、ありがとう」

上を向いて手を振れば三人とも振り返してくれた。相変わらず憎めない奴らだわ。だから普段から何を言われても、結局は嫌いになれないんだよね。これが。

「じゃあ行くかお前ら」

整列をした私達の前におやじ様が立つ。普段から着ている長着の上に一張羅《いっちょうら》の羽織を着た彼は、いつもより格段にビシッときまっていた。よっ！　ちょいワルおやじ。

「なぁ野菊」

「はい？」

だというのに、おやじ様は意気揚々《ようよう》という言葉とは到底ほど遠い、神妙《しんみょう》な表情をして私の右手を握ってきた。下をじっと見てうつむいている。

こんなときにそんな暗い顔をしてどうしたんだろう？　もしかしてお腹でも痛いのか。

「本当はな……最近、他にも色々考えてたんだ。お前を知り合いの所にこっそり預けても良いんじゃねぇかって、妓楼に無理に留めなくても良いんじゃねぇかって」

「おやじ様？」

「こんなときになって言うことじゃないんだが、なんだかな。やっぱ勝手が過ぎたっつうか。でも……なんでかねぇ、お前には絶対ここにいて欲しいって思ったんだ。だったら下働きでもいいじゃねぇかよって今更思ったんだがな」

おい、今更かい。

「おやじ様」

声をかけると、少しビクついた様子で私を見てくる。なんだか目を合わせようか合わせまいかと迷っている様子だった。私がこんな弱々しいおやじ様を見たのは初めてのこと。大通りにいる人達の話し声のおかげで会話が周りに洩《も》れることはないけれど、隣には梅木だっているのに。

「何言ってるんですか、おやじ様ともあろうお人が」

「す、すまん」

「育ててくれて、ありがとうございます」

歯を見せてニカッと笑う。右手もギュッと握り返して、さぁ行きましょうよ！　と私は声を上げた。

◆◇◆　◆◇◆

差していた番傘を梅木が畳む。

おやじ様を先頭にした私達は、天月が親しくしている引手茶屋に入った。

「よっ。休みに悪いな」

暖簾《のれん》をくぐったおやじ様は、その先にいる茶屋の主人に挨拶をする。あとから入った私もお辞儀《じぎ》をして、おやじ様の隣に並んだ。

引手茶屋とは、妓楼にお客が登楼する際にどこの妓楼が良いのか、どこにどんな遊男がいるのかを、一見《いちげん》の人などにお茶を出しながら紹介したり案内してくれるところ。見世によってはここみたいなところを通さないと登楼できないところがあるので、客側にとっても見世側にとっても必要不可欠な存在だった。

「まぁ野菊ちゃん格好いい！　ついに花魁になったのねぇ。私もご贔屓《ひいき》の茶屋として鼻が高いわ」

椿《つばき》茶屋の女主人、元《げん》さん。

赤紫の髪の毛を簪で一纏めにし、桃色の作務衣《さむえ》に赤い前掛けを巻いた姿で出迎えてくれる。全体的にふくよかで貫禄《かんろく》があり、確か今年で四十歳になるのだと聞いていた気がする。でもシワなんか一切なくて、肌はツルツルだし綺麗だった。元さん曰く、秘訣は『太り続けること』らしい。それを聞いたときは顔をパンパンにする気なのかと思ったものだ。

「これからもよろしくお願いしますね、元さん」

「うふふ、張り切って紹介しちゃうわよ！」

私の頬をペチペチと撫でてくる。

いつも兄ィさまの道中に付いてきていた私のことを彼女は当然知っていて、小さい頃は会うたびに頭を撫でてくれていた。なんだか懐かしい。でも新造になってからは身長が逆転してしまったので、頭の代わりにこうして頬を撫でてくるようになっていた。

「椿茶屋さま、お菓子でございます」

餅菓子を持った禿から風呂敷包みを受け取った彼女は、ありがとう、と小さい頭を撫でる。それから目線を上げると、私の後ろにいる人達が目に入ったのか、元《げん》さんは目を丸くして頬を赤く染めた。

「あら宇治野ちゃんに羅紋ちゃん？　……んまっ、清水ちゃんまでいるじゃないのもう〜！」

両腕を広げて近寄って来た元さんに、兄ィさま達も笑って両腕を広げた。

三人揃ってサービス精神が旺盛である。

「けど四人も花魁がそろってどうしたの⁉　今日はお祭りなの⁉　生きてて良かったわぁ」

元さんは一人一人に抱き付けてかなりご満悦の様子。さすが元さん。

でもこんな光景、普通に一般の客がいたら、とてもじゃないけど見せられない。私も！　と群がってしまうのがオチだろうし、誰もいなくて良かった。

妓楼で女が働くことはあまり喜ばれたことじゃないけれど、妓楼ではない引手茶屋やその他出店で女が働くことは別。女主人の茶屋が吉原にあっても何ら不思議なことではない。

「兄ィさん」

畳んだ番傘を片手にした梅木は、興奮状態の元さんを見て私の羽織の袖《そで》を引っ張る。

「大丈夫でしょうか」

「何？」

「元さん、清水兄ィさんにアレしますかね。大丈夫でしょうか」

「あぁ……」

心配しつつも楽しそうに笑う梅木。

実は元さん、清水兄ィさまが大のお気に入り。兄ィさまの道中で茶屋を訪れるときは、必ずと言って良いほど彼に〝アレ〟を、『投げキッス』を贈る。そりゃもうチュッチュチュチュッチュと贈る。お客が傍にいるのにも拘《かか》わらず、求愛ダンスならぬ求愛キッスを贈るのだ。

「ねぇねぇ、清水ちゃん」

「はい？　あ、おやじ様そろそろ次の茶屋に」

「ちょっと清水ちゃ～ん」

キッスを贈ろうとする元さんからのアタックを微妙にかわす兄ィさま。手慣れたもんだ。

「元よぉ、お前ちっとは周りを見ろ。いつまでもババァがブチブチ言っててんじゃねぇ」

「何よ！　シワ枯れジジィに言われたかないわよ！」

お姉さんと（ババァとは思ってないので）ジジィの会話が凄《すさ》まじい。

そして売り言葉に買い言葉の言い合いをさんざんしたあと、さて次に行くかー、と外に足を向けたおやじ様に続くしかない私達は、元さんに一礼をして外に出て行く。

「じゃあ元さん。今日は寒いですから、早く暖かいところで温まってくださいね」

「まぁっ、清水ちゃん。……チュ～ッ！」

その瞬間、梅木と私は外で滑った。

◆◇◆　◆◇◆

「野菊花魁の元服に、カンパーイ！」

「「「カンパーイ！」」」

乾杯の音頭《おんど》と共にゴクゴクとお酒を飲んでいる皆を、お猪口片手に眺める。ピッチが速いなぁ。

朝の準備をしていたときに使っていた大広間は、今や宴会場と化していた。私の花魁昇進&元服祝いの席は徐々にただの酒飲みの場となってきており、阿倉兄ィさまなどはまだ酒を少ししか飲んだことがない私を潰そうとしてくる。清水兄ィさまがやんわりと止めてくれたものの、次は兄ィさまがターゲットになってしまい飲み比べをさせてしまう始末。ごめんなさい、兄ィさま。

でも飲み比べは相手に挑まれた清水兄ィさまのほうが余裕で勝っていたので、とりあえず安心した。ありがとうございます。酒を飲んでもけして呑まれない、そんな貴方を私は……尊敬？　目標？　敬愛？　分かんない、とにかく感動しております。

「かんぱーい」

私は早々に中心から抜け出して、一人縁側でくつろぐ。

一日目の道中がやっと終わった。だけど明日も同じことをして、今度は閨の相手を引手茶屋に迎えに行かなければならない。おやじ様には任せておけと言われたけれど、いったいどうするんだか……。

「ノギちゃん?」

夜風に当たっていると、鈴の鳴るような声が私を呼んだ。

「愛理ちゃん? どうしたの?」

廊下を歩く愛理ちゃんが私に気づいて声をかけてくれた。彼女の手には食器やお猪口がある。

「普段は洗濯だけで、こんなことはしないいんだけどね。皆忙しいみたいで、今日は駆り出されちゃった。だって下働きなのに、あんなところで遊男の皆と酔って潰れてるのよ? もうっ」

「あれまぁ」

確かに大広間を見てみれば、十義兄ィさまがお酒を飲んでいるし、なぜか下働きの人がおつまみを遊男と一緒に食べていた。凄い自由なところだなぁ。でもこんな自由くらい、良いのかも、とか思う。

「ねぇノギちゃん」

「ん?」

「ノギちゃんは、どうしてもその道を極めるの?」

縁側に座っている私の隣に、愛理ちゃんが腰を下ろしてきた。今日も月が綺麗だな、なんて夜空を眺めながら彼女の言う『その道』について考える。

「極めるっていうか……。極めなきゃいけないというか。まぁ、女の子好きだし。愛理ちゃんとか大好きだし」

「ええっ⁉」

「ええ⁉」

思ったままを口に出すと、愛理ちゃんがお猪口を膝の上に落とす。大丈夫か。

顔を見合わせれば彼女の顔はほんのり赤くて瞳もウルウルとしていて、まるでお酒を飲んで酔っ払ってしまっているように見える。……ん？　もしかしてお酒飲んだ？

「愛理ちゃん……もしかして飲んだ？」

「え？　ふっ、あははは。ノギちゃんならお嫁さんに来てもいいわ」

「それ逆じゃない？」

二人で笑い合う。


こうして私の花魁デビューの夜は更けていき、一日目を終えた。

翌日の道中も前日のことを繰り返すように終わり、そして私の闇はおやじ様と花田様の手によっていつの間にか事なきを得て終えていたのだった。

隅でいいです。
構わないでくださいよ。 2

＊本作は「小説家になろう」（http://syosetu.com/）に掲載されていた作品を、大幅に加筆修正したものとなります。
＊この作品はフィクションです。実在の人物・団体・事件・地名・名称等とは一切関係ありません。

2017年4月20日　第一刷発行

著者 …………………… まこ
©MAKO 2017
イラスト …………………… 蔦森えん
発行者 …………………… 辻 政英
発行所 …………………… 株式会社フロンティアワークス
〒170-0013　東京都豊島区東池袋3-22-17
東池袋セントラルプレイス5F
営業　TEL 03-5957-1030　FAX 03-5957-1533
アリアンローズ編集部公式サイト　http://www.arianrose.jp
編集 …………………… 末廣聖深
装丁デザイン …………………… ウエダデザイン室
印刷所 …………………… シナノ書籍印刷株式会社